KB080415

시지프 신화

세계교양전집 33

시지프 신화

알베르 카뮈 지음
신예용 옮김

올리버

알베르 카뮈Albert Camus

파스칼 피아에게

아, 나의 영혼이여,

불멸의 삶을 갈망하지 마라.

그저 가능의 영역을 남김없이 살려고 노력하라.

— 핀다로스, 《아폴론 축제 경기의 축가 3Pythian iii》

• 차례 •

부조리한 추론

앞으로 나올 내용에서는 이 시대에 널리 퍼져 있는 부조리한 감수성을 다루고자 한다. 우리 시대가 제대로 알지 못했던 부조리한 철학에 대해서는 다루지 않는다. 따라서 이 책이 현대의 여러 뛰어난 사상가들에게 빚지고 있다는 점을 먼저 언급하는 게 예의일 것이다. 나는 이 사실을 숨길 의도가 전혀 없다. 그런 만큼 이 책 전반에 다른 글을 인용한 대목과 나의 해석이 등장할 것이다.

그러나 동시에, 지금까지 사람들이 결론으로 받아들여온 부조리를 출발점으로 삼았음을 밝힌다. 이런 의미에서 내 의견에는 잠정적인 면이 있다고 할 수 있다. 즉, 나의 해석에서 이끌어낼 입장을 미리 단정해서는 안 된다. 나는 이 책에서 정신이 앓는 질병의 순수한 상태를 설명했을 뿐이다. 지금 당장으로서는 그 어떤 형이상학이나 믿음의 문제도 다루지 않는다. 이런 점이 이 책의 한계이자 유일한 편견이다. 개인적인 경험으로 인해 이 부분을 분명히 짚고 넘어가는 바이다.

부조리와 자살

인간에게 진정으로 중대한 철학적 문제는 단 하나, 바로 자살뿐이다. 인생이 살 가치가 있는지 없는지를 판단하는 문제는 철학의 근본적인 질문에 답하는 문제와 같다. 세상이 3차원인지 아닌지, 정신의 범주가 아홉 가지인지 열두 가지인지 등과 같은 나머지 문제는 그다음에 따라오는 일이다. 다른 문제는 장난에 불과하다. 하지만 삶의 가치에 대해서는 누구나 답을 찾아야 한다. 니체는 철학자가 존경받으려면 행동으로 모범을 보여야 한다고 주장했다. 니체의 주장이 사실이라면 이 질문에 답하는 게 얼마나 중요한지 짐작할 것이다. 질문에 답을 하고 난 뒤에는 결정적인 행동이 뒤따라야 하기 때문이다. 이러한 부분은 마음으로 느끼기에 짐짓 뚜렷해 보인다. 그러나 이성으로 명확하게 결론을 내리기 위해서는 신중한 연구가 필요하다.

하나의 질문이 다른 질문보다 더 절박한지 어떻게 판단하느냐고 내게 묻는다면, 질문에 따라 실천하게 되는 행동을 기준으로 삼을 것이라고 대답하겠다. 나는 존재론적 논쟁을 위해 목숨을 바치는 사람을 본 적이 없다. 갈릴레오는 매우 중요한 과학적 진리를 알아냈지만, 진실이 그의 목숨을 위협하자마자 너무나 쉽게 진실을 포기했다. 어떤 의미에서 갈릴레오는 옳은 일을 한 셈이다.* 갈릴레오의 진실에는 목숨을 걸 만한 가치가 없었기 때문이다. 지구와 태양 중 어느 쪽이 다른 쪽을 중심으로 도는지는 우리와 아무 상관이 없다. 좀 더 솔직히 말하자면 쓸데없는 문제다. 그런데 나는 인생이 살 가치가 없다고 판단하고 죽는 사람도 많이 보았다. 역설적으로 살아가야 할 이유가 되는 생각이나 환상 때문에 죽는 사람을 보기도 했다(살아야 할 이유라는 것은 죽어야 할 훌륭한 이유이기도 하다). 따라서 나는 삶의 의미에 관한 질문이 우리에게 가장 절박한 질문이라는 결론에 이르렀다. 그렇다면 이 질문에 어떻게 대답해야 할까? 모든 본질적인 문제(사람을 죽게 할 위험이 있는 문제나 살고자 하는 열정을 불태우게 하는 문제를 말한다)에는 라팔리스의 사고방식(프랑스 귀족 라팔리스에게서 비롯된 프랑스어 단어 '라팔리사드lapalissade'는 '자명한 이치'를 말한다-역주)과 돈키호테의 사고방식(모양이나 의미가 비슷하다면 동일한 성질이 있다고 간주하는 사고방식-역주), 이 두 가지가 있다고 본다. 명백한 이치와 문학적 비유 사이에서 균형을 갖출 때 감동함과 동시에 명쾌하게 진실을 이해하게 될 것이다. 한때 그토록 사소하면서도 민감했던 주제를 다룰 때는 학문적이고 고전적인 변증법을 내려놓

* 진리의 상대적 가치라는 관점에서 보자면 그렇다. 한편으로 용기 있는 행동의 관점에서 보면 갈릴레오의 나약한 태도는 우리를 미소 짓게 만든다.

고 상식과 공감에서 비롯되는 더욱 겸손한 태도로 접근해야 할 것이다.

지금까지 자살은 줄곧 사회적 현상으로만 다뤄졌을 뿐이다. 하지만 여기서는 처음부터 개인적 생각과 자살 사이의 관계에 초점을 맞추고자 했다. 자살과 같은 행위는 위대한 예술 작품이 그렇듯 마음의 침묵과 더불어 시작된다. 정작 자살하는 당사자는 이 사실을 알지 못한다. 그러다 어느 날 저녁, 방아쇠를 당기거나 뛰어내린다. 한 아파트 관리소장이 자살했을 때, 나는 주변 사람들에게서 그가 오 년 전에 딸을 잃었는데 그 이후 심하게 망가졌으며, 그 경험이 그를 '갉아 먹었다'는 이야기를 들었다. 이보다 더 정확한 단어를 떠올릴 수는 없을 것이다. 생각하기 시작하는 것은 갉아 먹히기 시작하는 것이다. 사회는 이와 같은 개인적인 자살의 시작과는 거의 상관이 없다. 벌레는 이미 인간의 마음속에 있다. 그러므로 마음속에서 벌레를 찾아야 한다. 삶과 정면으로 마주하는 명료한 의식에서 빛의 세계 밖으로 도피하게 이끄는 이 치명적인 유희를 추적하고 이해해야 한다.

자살의 원인에는 여러 가지가 있지만, 일반적으로 봤을 때 가장 표면적인 원인이 가장 강력한 원인이라고 할 수는 없다. 반성하다가 자살하는 경우는 드물다(물론 그럴 수 있다는 가정을 배제할 수는 없다). 위기를 일으키는 요인은 대부분 통제가 불가능하다. 신문에서는 자주 '개인적인 비탄'이나 '불치병'이라고 이야기한다. 이러한 설명이 그럴듯하기는 하다. 그러나 절망에 빠진 사람의 친구가 그날 그 사람에게 무심하게 대하지는 않았는지 알아보아야 한다. 그 친구가 죄인일 수도 있다. 친구가 무심하게 대한 것만으로 유예 상태에 있던 온갖 원한과 권태를 자극할 만하기 때문이다.*

하지만 어느 정확한 순간, 정신이 죽음을 선택하는 그 미묘한 과정을 낱낱이 파헤치기는 어렵다. 그러나 자살이라는 행동을 보고 자살한 사람이 어떻게 그런 결론에 이르렀는지 추측하기는 좀 더 쉽다. 어떤 면에서, 그리고 멜로드라마에서처럼, 자살한다는 것은 일종의 고백이나 다름없다. 삶이 너무 힘들거나 삶을 이해하지 못한다고 고백하는 것이다. 그러나 이러한 비유에서 너무 깊이 들어가지 말고, 다시 일상적인 이야기로 돌아오자. 자살은 그저 삶에 '고통을 감당할 가치가 없다'고 고백하는 것일 뿐이다. 원래 삶은 절대 쉽지 않다. 인간이 살아가는 데 필요한 행위를 이어 나가는 데는 여러 이유가 있다. 첫 번째 이유는 습관이다. 자발적으로 죽음을 선택한다는 것은 이러한 습관이 그저 우스꽝스러울 뿐이고 삶을 살아갈 만한 대단한 이유가 없는 데다, 매일 아등바등 살아가며 고통에 시달릴 필요가 없음을 본능적으로 깨달았다는 뜻이다.

그렇다면 삶에 꼭 필요한 잠마저 들 수 없게 하는, 이 헤아릴 수 없는 느낌은 과연 무엇일까? 어설픈 이유로나마 설명할 수 있다면 그 세상은 우리에게 익숙한 세상이다. 하지만 이와는 반

* 여기서 이 글의 상대적인 성격을 밝히고자 한다. 사실, 자살에는 더 고귀한 원인이 존재할 수 있다. 예컨대 중국 혁명 당시 항의의 뜻으로 행한 정치적 자살의 경우다.

대로, 인간은 환상과 빛이 사라진 우주 속에서 스스로 이방인이 된 것 같다는 느낌을 받는다. 이 낯선 세상으로 추방되면 구원이란 없다. 잃어버린 고향에 대한 기억이나 약속의 땅을 향한 희망이 사라졌기 때문이다. 인간과 이 삶, 배우와 그가 서 있는 무대와의 이러한 결별, 이것이야말로 부조리의 느낌이다. 평범한 사람이라면 누구나 한 번쯤 자살을 생각해봤을 것이다. 그렇다면 더 이상 설명하지 않아도 이 부조리하다는 느낌과 허무를 향한 갈망 사이에 직접적인 연관이 있음을 알 것이다.

이 글의 주제는 바로 부조리와 자살 사이의 이러한 관계, 즉 자살이 부조리에 정확히 어느 정도로 해결책이 될 수 있는지를 밝히는 데 있다. 속임수를 쓰지 않는 사람에게는 그가 스스로 진실이라고 믿는 바에 따라 행동한다는 원칙을 적용할 수 있을 것이다. 그러므로 삶이 부조리하다고 믿는 사람은 그 믿음에 따라 행동해야 한다. 그렇다면 짐짓 비장하게 나올 필요 없이 자연스레 다음과 같은 질문을 던지게 된다. 삶을 받아들이기 어려운 상황에 부닥쳤을 경우 이 결론에 따라 얼마나 빨리 삶을 저버리려 하는가? 물론 나는 자기 자신의 신념을 지키고자 하는 사람들에 관해 이야기하는 것이다.

명확하게 설명하고 나니 이 문제는 간단하면서도 풀리지 않을 것처럼 보인다. 그러나 단순한 질문에는 단순한 답이 따르게 마련이며, 명확함은 명확함을 전제로 삼는다는 것은 잘못된 추측이다. 선험적으로, 또 문제의 조건을 뒤집어 보면, 자살하는가 혹은 하지 않는가의 두 가지 선택지와 마찬가지로 철학적 해답에도 부정 혹은 긍정이라는 두 가지 길밖에 없는 것 같다. 실제로도 그렇다면 아주 쉬울 것이다. 그러나 결론을 내리지 않고 계속 의구심만 품는 사람도 있다. 나는 지금 비꼬는 것이 아니다. 실은 결론을 내리지 않는 사람들이 대다수다. 게다가 부정적으로 대답한 사람이 긍정적으로 생각하는 것처럼 행동하는 경우도 있다. 니체의 기준을 받아들인다면 사람들은 어떤 식으로든 긍정적으로 생각한다. 반면에 자살하는 사람들이 삶의 의미를 확신하는 경우가 자주 있다. 이와 같은 모순은 끊임없이 발생한다. 반대로 논리가 이토록 필요한 지점에서 사람들은 모순이 이처럼 극심했던 적이 없었다고 말할 수도 있을 것이다. 철학적 이론과 그 이론을 주장하는 사람들의 실제 행동을 비교하는 것은 진부한 일이다. 그러나 삶의 의미를 거부한 사상가 중에서 스스로 삶을 거부할 정도로 자신의 논리를 밀어붙인 사람은 아무도 없었다. 문학에 속하는 키릴로프와 전설 속의 페레그리노스 Peregrinos*(철학자로 사람들에게 불 속에 뛰어들 수 있다고 주장한 다음 실제로 불에 뛰어들어 타 죽었다-역주), 가설에 속하는 쥘 르키에Jules Lequier(프랑스 철학자로, 인간의 자유의지를 주장하며 바다에 헤엄쳐 나가 죽은 것으로 전해진다-역주)만이 예외일 뿐이다. 쇼펜하우어는 잘 차려진 식탁 앞에 앉아 자살을 찬양했다는 이유로 웃음거리의 소재로 인용되기도 한다. 하지만 자살은 결코 웃음거리로 삼

* 나는 페레그리노스의 라이벌쯤 되는 사람의 이야기를 들은 적이 있다. 전후 세대의 작가로 첫 번째 책을 집필한 후 작품에 관심을 끌기 위해 자살했다고 한다. 작품이 주목받기는 했지만 결국 형편없는 책이라는 평가를 받았다.

을 만한 주제가 아니다. 이처럼 비극을 대수롭지 않게 여기는 태도는 심각한 결점까지는 아니더라도 그 사람됨을 판단하는 근거가 될 수 있다.

이러한 모순과 모호함 앞에서 우리는 한 사람의 삶에 대한 견해와 그 사람이 삶을 버리는 행위 사이에 아무런 관계가 없다는 결론을 내려야 할까? 이 부분에 대해 지나치게 강조하지는 말자. 삶을 향한 인간의 집착에는 이 세상의 모든 불행보다 더 강한 무언가가 있다. 육체의 판단력은 정신의 판단력 못지않게 뛰어나며, 육체는 소멸 앞에 서면 달아나려 한다. 우리는 생각하는 습관을 익히기 전에 살아가는 습관부터 익힌다. 매일 죽음을 향해 달려가는 삶이라는 경주에서 육체는 언제나 우리의 정신을 앞서 나간다. 간단히 말해 이 모순의 본질은 내가 회피esquive라고 부르는 것, 즉 파스칼적 의미의 위희divertissement(마음을 사로잡을 만한 즐겁고 새로운 관심사를 일컫는다-역주) 그 이상도 이하도 아니다. 회피는 변하지 않는 게임이다. 이 글의 세 번째 주제를 구성하는 치명적인 도피이자 회피의 전형적인 행위는 바로 희망이다. '자격을 갖추어야' 얻을 수 있는 내세에 대한 희망이나, 삶 자체를 위해 사는 것이 아니라 삶을 초월하고, 승화하고, 삶에 의미를 부여하다가 결국 삶을 배반하는 위대한 이상을 위해 사는 사람들의 속임수가 이에 해당한다.

이 모든 것은 뒤섞여 혼란을 퍼뜨리는 데 이바지한다. 그러니 지금까지 삶에 의미를 두지 않는다면 인생은 살 만한 가치가 없다고 선언하는 것이나 다름없다고 말장난도 하고, 또 그렇게 믿는 척한 것이 쓸데없는 노력만은 아니었다. 사실, 이 두 가지 판단 사이에 공통 기준은 필요하지 않다. 단지 앞서 언급한 혼돈과 분열, 모순에 현혹되지만 않으면 된다. 다른 모든 문제는 제쳐두고 곧장 핵심적인 문제를 다뤄보겠다. 인생이 살 가치가 없기 때문에 자살한다는 것은 분명 진실이다. 하지만 오히려 명백한 진실이기 때문에 이 말에는 아무 의미가 없다. 그러나 삶에 대한 모욕, 삶의 가치를 떨어뜨리는 단호한 부정은 과연 삶에 의미가 없다는 사실에서 비롯된 것일까? 삶의 부조리함 때문에 희망이나 자살을 통해 그 부조리함에서 벗어나야만 하는 것일까? 나머지 부수적인 사항은 모두 배제한 채 이 문제야말로 명확히 밝히고, 찾아내고, 자세히 설명해야만 한다. 과연 부조리는 죽음으로 이어지는가? 모든 사고방식과 무심한 정신의 작동에서 벗어나 그 무엇보다 먼저 이 질문에 우선순위를 두어야 한다. '객관적인' 사고방식의 소유자는 어떤 문제에든 사소한 뉘앙스나 모순을 강조하지만, 지금 우리가 논하는 추구와 열정에서는 뉘앙스나 모순이 설 자리가 없다. 이럴 때는 그저 불공평한, 다시 말해 논리적 사고가 필요할 뿐이다. 하지만 논리적 사고를 하기는 쉽지 않다. 평상시에는 언제나 논리적이기 쉽다. 하지만 끔찍한 최후의 순간까지 논리적으로 행동하기란 거의 불가능하다. 그러므로 제 손으로 죽는 사람은 감정적 성향에 따라 자살이라는 결론을 내린다. 자살에 대해 성찰하다 보니 내가 유일하게 관심이 있는 질문을 제기할 기회가 생겼다. 과연 인간을 죽음에 이르게 하는 논리가 존재할까? 무모한 열정 같은 것을 마다하고 오직 자명함이라는 빛 속에서 추론(추론이 어디에서 시작되는지는 내가 여기에서 이야기하고 있다)을 이어 나아가야만 한다. 이것이 바로 내가 말한 부조리한 추론이다. 많은 사람이 부조리한 추론을 시작했으며 계속 추론을 유지했는지는 알 수 없다.

카를 야스퍼스는 세계를 하나의 단일 속에서 구성하기란 불가능하다고 밝히며 이렇게 외쳤다. "이 한계는 나를 나 자신으로 이끈다. 이곳에서 나는 객관적인 관점 뒤로 물러설 수 없기에 그저 나 자신을 대표할 뿐이다. 여기서는 나 자신도, 타인의 존재도 더 이상 내게 그 어떤 대상이 될 수 없다." 그는 다른 많은 사람에 이어 물 한 방울 없는 사막을 언급하며, 이 사막에서 생각이 극한에 달한다고 말한다. 그에 앞서 다른 많은 사람도 이와 같이 말했다. 그러나 그들 역시 얼마나 그곳에서 빠져나오고 싶어 했던가! 사고가 휘청거리는 그 마지막 전환점에 많은 사람이 도착했고, 심지어 가장 겸손한 사람도 몇몇 있었다. 그러고 나서 그들은 자신에게 가장 소중한 것, 즉 목숨을 버렸다. 고매한 정신의 소유자들도 다른 사람들과 마찬가지로 물러났지만, 그들은 가장 순수한 분노 속에서 생각의 자살을 실행에 옮겼다. 하지만 진정한 노력이란 오히려 그곳, 그것도 최대한 멀리 떨어진 곳에서 머물면서 그 외딴 지역의 괴이한 식물을 가까이서 관찰하는 것이다. 끈기와 통찰력을 갖춘 사람만이 부조리와 희망, 죽음이 대화를 이어가는 이 비인간적인 공연을 지켜볼 특권을 누리는 관중이 될 수 있다. 그제야 정신은 기초적이지만 미묘한 춤을 분석하고 묘사하여 그 자체로 되살릴 수 있을 것이다.

부조리의 벽

위대한 작품과 마찬가지로 깊은 감정에는 항상 겉으로 드러나는 것보다 더 많은 의미가 있다. 마음속에서 번번이 일어나는 충동이나 혐오감은 행동이나 생각의 습관에 다시 나타나며, 마음 그 자체도 전혀 모르는 결과로 재생산된다. 위대한 감정들은 각자만의 화려하거나 비참한 우주를 거느린다. 이 감정들은 저마다의 열정으로 독자적인 세계를 밝힘으로써 그 세계 속에서 자신의 분위기를 다시금 알아차린다. 질투와 야망의 우주가 있는가 하면, 이기심이나 관대함의 우주도 있다. 다시 말해, 우주란 하나의 형이상학이자 정신적 태도다. 이미 낱낱이 분석된 감정에 해당하는 특성은 기본적으로 막연하면서도 '확실하고', 멀리 떨어져 있는 만큼 '현존하는' 정서에는 더욱 뚜렷하게 나타날 것이다. 이러한 정서는 우리에게 아름다움을 느끼게 하거나, 부조리를 일깨운다.

어느 길모퉁이에서든 부조리의 느낌은 아무 얼굴이나 내리칠 수 있다. 그 비참한 벌거벗음과 광채 없는 빛 자체에서는 부조리를 알아차리기 어렵다. 그러나 어렵기 때문에 오히려 되새겨볼 만한 가치가 있다. 한 사람이 우리에게 언제까지나 알 수 없는 존재로 남으며, 그 사람 안에 우리의 한계를 벗어나 환원할 수 없는 무언가가 있다는 것은 아마도 사실일 것이다. 그러나 나는 사람들을 실질적으로 알고 있고, 그들의 행위와 행동의 총체, 그들의 삶이 일으키는 결과로 그들을 판단한다. 분석할 가치가 없는 모든 비합리적인 감정에 대해서도 마찬가지다. 나는 지성의 범주 안에 그 감정의 결과들을 종합하고, 그 모든 양상을 파악하고 기록하며, 그 우주를 재구성함으로써 실질적으로 정의하고, 실질적으로 수용할 수 있다. 같은 배우를 백 번 넘게 봤다고 해서 그 배우를 개인적으로 더 잘 알게 되는 것은 아님은 확실하다. 그러나 그가 연기했던 주인공들을 더해 나가서 백 번째 인물에 이를 즈음에 그를 조금 더 잘 알게 되었다고 말한다면, 이 말에는 약간의 진실이 포함되었다고 느껴질 것이다. 이 뚜렷한 역설은 하나의 우화이기도 하다. 이 역설에는 교훈이 담겨 있다. 사람은 그의 진실한 충동뿐 아니라 자신이 하는 연기로도 정의될 수 있다. 이보다 더 소극적이긴 하지만 감정에도 이런 성향이 나타난다고 볼 수 있다. 마음속으로 직접 느낄 수는 없어도 감정에 내포된 행위와 전제된 정신적 태도를 통해 부분적으로나마 감정이 드러나기 때문이다. 내가 이런 방식으로 방법론을 정의하고 있다는 점만큼은 확실하다. 그러나 이 방법론에서 지식이 아니라 분석을 활용한다는 점 역시 분명하다. 방법론에는 형이상학이 포함되어 종종 아직 알지 못한다고 주장하는 결론을 무의식적으로 드러내기 때문이다. 어떤 책의 마지막 장에 나올 이야기는 이미 책의 첫 장에 포함되어 있다. 첫 장과 마지막 장 사이에는 이런 관계가 생길 수밖에 없다. 이 자리에서 나는 규정된 방법론에서는 단 하나의 진정한 인식도 불가능하다는 점을 인정한다. 우리는 단지 그 겉모습을 열거하고, 그 환경을 느낄 수 있을 뿐이다.

아마도 우리는 서로 다르지만 밀접한 관련이 있는 지성의 세계이자 삶이라는 예술의 세계, 어쩌면 예술 자체의 세계에서 부조리라는 이 형언할 수 없는 감정을 포착하게 될 것이다. 가장 먼저 부조리의 분위기를 포착하고, 마지막으로 부조리의 세계와 그 정신적 태도를 포착하게 될 것이다. 이 태도는 고유한 빛으로 세상을 비추면서 그 안에서 파악할 수 있는 특권적이면서도 무자비한 얼굴을 낱낱이 드러내려 한다.

*

모든 위대한 행동과 위대한 생각에는 하찮은 시작이 있게 마련이다. 위대한 작품은 흔히 어느 길모퉁이나 어느 식당 회전문에서 태어난다. 부조리도 마찬가지다. 부조리한 세계는 그 무엇보다 이런 누추한 탄생에서 고귀함을 이끌어낸다. 어떤 상황에서는 누군가 무슨 생각을 하느냐는 질문에 "아무 생각도 안 한다"고 대답하는 것이 가식일 수 있다. 연인들은 이 사실을 잘 알 것이다. 그러나 그 대답이 진실하다면, 공허함이 설득력 있게 느껴지고 일상적인 행동의 사슬이 끊어지며 마음속으로 다시 연결될 고리를 헛되이 찾아 헤매는 기이한 영혼의 상태를 드러내는 것이라면, 그 대답 자체가 부조리의 첫 징후와도 같다.

무대 장치가 무너지는 사고가 생겼다고 해보자. 아침에 일어나기, 전차 타기, 사무실 또는 공장에서 네 시간 동안 일하기, 식사하기, 전차 타기, 네 시간 동안 일하고 먹고 자기. 같은 리듬에 따라 움직이는 월화수목금토일. 이 행로는 대체로 쉽게 따라갈 수 있다. 하지만 어느 날 '왜'라는 의문이 솟아오르면 놀라움에 물든 권태 속에서 모든 일이 시작된다. '시작된다'는 말이 중요하다. 권태는 기계적인 삶의 행위가 끝날 때 찾아오지만 동시에 의식에서 활동을 시작한다는 뜻이기도 하다. 권태는 의식을 깨우고, 다음에 일어나는 행동의 원인이 된다. 다음 단계에서는 서서히 일상의 사슬로 돌아오거나 결정적인 깨어남을 경험할 수 있다. 깨어남을 경험한 이후에 자살 혹은 회복이라는 결과가 나타난다. 권태 자체에는 병적인 무언가가 뒤섞여 있다. 이 자리에서 나는 권태가 좋은 것이라는 결론을 내리려 한다. 모든 것은 의식으로 시작하며 의식을 거치지 않고는 그 무엇도 가치가 없기 때문이다. 이런 말에는 하나도 새로운 것이 없다. 그러나 분명한 사실이다. 이 얼마 동안은 부조리의 기원을 훑어보기만 해도 충분하다. 하이데거가 말했듯이 모든 것의 근원에는 '불안'만이 있을 뿐이다.

마찬가지로 우리는 단조로운 하루하루를 살아가는 동안 시간에 끌려간다. 그러나 우리가 시간을 짊어져야 하는 순간은 언제든 찾아온다. 우리는 미래를 기약하며 살아간다. '내일', '나중에', '네가 성공했을 때', '나이가 들면 너도 알게 될 거야'라고 하는 말들에서처럼. 이런 모순은 참으로 놀랍다. 미래에 우리는 결국 죽음에 이르기 때문이다. 그러나 어느 날 누군가 문득 자신이 서른 살이라는 것을 알아차리거나 서른 살이라고 말하는 때가 온다. 그 사람은 그렇게 자신이 젊다고 주장한다. 그러나 동시에 시간과 관련해 자신을 자리매김하게 된다. 시간 속에 자신의 자리를 정하는 것이다. 자신이 곡선의 특정 지점에 이르렀음을 인정하고, 그 끝을 향해 나아가야 함을 받아들인다. 그는 시간에 속해 있으며, 자신을 사로잡는 공포 속에서 최악의 적이 무엇인지 깨닫게 된다. 내일, 그는 내일을 바라며 살면서도, 온몸으로 내일을 거부한다. 이 육체의 반란이 바로 부조리다.*

한 단계 더 내려가면 낯섦이 파고든다. 세상이 '두껍다'는 것을 인식하고, 돌멩이 하나가 우리에게 얼마나 이질적이고 단호한지, 자연이나 풍경이 얼마나 완강하게 우리를 부정할 수 있는지 느끼게 된다. 모든 아름다움의 중심에는 비인간적인 무언가가 있으며, 저 언덕과 하늘의 부드러움, 나무의 윤곽은 바로 이 순간 우리가 그것들에게 입혔던 환상적인 의미를 잃고, 잃어버린 낙원보다 더 먼 존재가 된다. 세상의 원초적 적대감이 수천 년에 걸쳐 치솟아 올라 우리를 마주한다. 한동안 우리는 세계를 이해하지 못한다. 수 세기 동안 우리는 세상에 부여해왔던 형상과 윤곽

* 하지만 적절한 의미에서는 그렇지 않다. 이는 정의라기보다는 부조리하다고 인정할 만한 감정을 나열하는 쪽에 가깝다. 그렇지만 나열이 끝난다 해도 부조리는 결코 소진되는 법이 없다.

속에서만 세상을 받아들였기에 인위적 수단을 활용할 힘이 부족하기 때문이다. 세상은 다시 세상 그 자체가 되어 우리를 회피한다. 습관에 의해 가려져 있던 무대 풍경이 다시 있는 그대로의 모습이 된다. 이 풍경은 우리와 거리를 둔 채 물러선다. 한 여인의 친숙한 얼굴 아래 몇 달 또는 몇 년 전 사랑했던 그녀를 낯선 사람처럼 보게 되는 날이 있듯, 어쩌면 갑자기 우리를 혼자 두게 한 것을 욕망하게 될지 모른다. 하지만 아직 그런 시간은 오지 않았다. 단 한 가지만 말해두겠다. 세상의 두꺼움과 낯섦이 바로 부조리다.

인간 역시 비인간적인 것을 분출한다. 의식이 명료한 어떤 순간, 사람의 제스처에서 보이는 기계적인 면과 아무 의미도 없는 무언극이 그들을 둘러싼 모든 것을 어리석게 만든다. 한 남자가 유리 칸막이 뒤에서 전화 통화를 하고 있다. 그의 목소리는 잘 들리지 않으며, 이해할 수 없는 어리석은 몸짓만 보인다. 그가 왜 사는지 궁금해진다. 인간 자신의 비인간성을 마주하는 불편함, 우리의 이미지 앞에서 경험하는 걷잡을 수 없는 추락, 오늘날 한 작가가 말했던 이 '구토' 역시 부조리다. 어느 순간 거울 속에서 다시 만나는 낯선 사람도, 나 자신의 사진 속에서 마주치는 친숙하면서도 불길한 형제, 이 또한 부조리다.

마침내 죽음과 죽음을 향한 우리의 태도를 이야기할 차례가 되었다. 이제 죽음에 관한 중요한 내용은 전부 말했으니 비장함을 피하기만 하면 될 것이다. 그러나 모든 사람이 마치 죽음을 전혀 '모르는 듯이' 살아간다는 사실은 그저 놀랍기만 하다. 이런 일이 생기는 이유는 현실 속에는 죽음에 대한 경험이 없기 때문이다. 정확히 말하자면, 우리는 살아서 의식한 것 외에는 아무것도 경험하지 못했다. 정확히 말하면 살아가면서 의식한 것 외에는 경험이라 할 수 없다. 그러니 우리는 타인의 죽음에 대한 경험만을 말할 수 있을 뿐이다. 하지만 기껏 말한다 해도 그저 대신하는 것뿐이며, 정신적인 경험에 지나지 않으므로 이는 결코 우리를 설득할 수 없다. 이 우울한 관습에는 설득력이 없다. 실제로 공포는 사건의 수학적 측면에서 비롯된다. 시간이 우리를 두렵게 만드는 이유는, 시간은 먼저 증거를 제시하기 때문이다. 해답은 그 후에 나온다. 영혼을 다룬 그 어떤 미사여구가 있다고 해도 적어도 한동안은 그 반대의 주장이 더욱 설득력 있는 것으로 느껴질 것이다. 때려도 아무 자국이 남지 않는 무기력한 육체에서 영혼은 사라져버렸다. 죽음이라는 모험의 원초적이고 결정적인 측면이 부조리라는 감정을 구성한다. 이러한 운명의 치명적인 조명 아래 그 쓸모없음은 분명하게 드러난다. 우리 운명의 조건을 명령하는 잔인한 수학 앞에서는 어떤 윤리도, 어떤 노력도 선험적인 정당성을 주장할 수 없다.

다시 한번 말하지만, 이와 같은 내용은 이미 거듭 언급된 것들이다. 여기에서는 간단히 분류하고 뚜렷한 주제를 언급하는 것으로 스스로 제한을 두고자 한다. 죽음이라는 주제는 문학과 철학 전반을 관통한다. 일상적인 대화 역시 이 주제를 기반으로 삼는다. 이런 내용을 새삼 재발견하려는 의도는 없다. 그러나 본질적인 질문에 관해 의문을 제기하려면 자명한 사실이라도 확실히 해두어야 한다. 다시 한번 말하지만, 나는 부조리가 발견되었다는 사실이 아니라 그 결과에 관심이 있다. 이러한 사실을 확신한다면 어떤 결론을 내릴 수 있을까? 그 어떤 것도 회피하지 않으려면 어디까지 밀고 나가야 할까? 자발적으로 목숨을 끊어야 할까, 모든 일에도 불구하고 여전히 희망을 품어야 할까? 질문에 대답하기 전에, 지성의 차원에서도 간략한 검토가 필요할 것이다.

*

정신의 첫걸음은 진실과 거짓을 구별하는 데 있다. 그러나 생각이 생각 자체에 대해서 반성하자마자 가장 먼저 발견하게 되는 것은 모순이다. 이런 경우 설득력을 갖추기 위해 노력해봤자 아무 쓸모가 없다. 수 세기 동안 아리스토텔레스보다 이 문제를 더 명확하고 우아하게 설명한 사람은 없을 것이다. "이러한 의견에서 나온 조롱받을 만한 결과는 그 결과가 자기 자신을 파괴한다는 데 있다. 모든 것이 진실이라고 주장함으로써 우리는 그 주장의 반대 주장 역시 진실이라고 주장하는 셈이다. 결과적으로 우리 자신이 이야기하는 주제도 거짓이라고 주장하게 되기 때문이다(반대의 주장에서 원래의 주장이 참일 수 있음을 인정하지 않는다). 그런데 모든 것이 거짓이라고 말하는 주장 역시 그 자체로 거짓이다. 우리의 주장에 반대되는 주장만 거짓이라고 선언하거나 우리의 주장만이 거짓이 아니라고 선언한다면, 무수한 진실

또는 거짓이라는 판단이 존재한다고 인정할 수밖에 없다. 진실한 주장을 내놓는 사람은 그와 동시에 그 주장이 진실이라고 선언하고, 그런 식은 끝도 없이 반복될 것이기 때문이다."

이러한 악순환은 자기 모습을 들여다보려는 정신이 아찔한 소용돌이 속에서 길을 잃게 되는 연속적인 사건의 첫 번째에 불과하다. 이러한 역설은 매우 단순하기 때문에 도무지 돌이킬 수 없다. 어떤 말로 표현하고 어떤 논리를 활용해도 소용없다. 이해한다는 것은 무엇보다 먼저 통일하는 것이기 때문이다. 인간 정신의 가장 깊은 욕망은 그 가장 정교한 방식에서조차 인간이 세상을 앞두고 느끼는 무의식적인 감정과 유사하다. 그 욕망은 친숙함에 대한 욕구이며, 명료함에 대한 갈망이다. 한 인간이 세상을 이해한다는 것은 세상을 인간적인 차원으로 환원하고, 세상에 인간의 낙인을 찍는 일이다. 고양이의 세계는 개미의 세계가 아니다. "모든 생각은 인간적인 것이다"라는 자명한 이치도 이와 같은 의미다. 마찬가지로 현실을 이해하려고 하는 사람은 그 현실을 생각의 언어로 바꾸어야 비로소 만족할 것이다. 세상 역시 인간처럼 사랑하고 괴로워한다는 사실을 깨닫는다면, 인간은 이 세상과 화해하게 될 것이다. 영원한 관계 속에서는 현상들이 요약될 수 있으며, 연관 자체도 단일한 원칙으로 요약될 수 있다. 인간이 생각을 통해 여러 현상을 비추는 거울 속에서 이 사실을 발견한다면 정신적인 행복을 누릴 수 있을 것이다. 그런데 이 행복의 신화는 한낱 우스꽝스러운 복제품일 뿐이다. 이와 같은 통일성을 향한 향수, 절대적인 것을 향한 욕망은 인간이 겪는 드라마의 근본적인 충동이다. 하지만 향수가 존재한다고 해서 당장 그 향수에 만족하게 된다는 뜻은 아니다. 정복하려는 욕망을 가로막는 심연을 가로질러 파르니메데스처럼 (무엇이 되었든) 유일자가 있다고 주장한다면, 우리는 우스꽝스러운 정신적 오류에 빠져들 것이다. 완전한 통일성이 존재한다고 단언하며, 스스로 해결된다고 자처한 각자의 다름과 다양성을 더욱 확고하게 내세우게 될 것이기 때문이다. 이런 또 하나의 악순환은 우리의 희망을 억누르기에 충분하다.

이런 것들 역시 자명한 이치다. 다시 강조하건대, 이런 사실 자체가 흥미로운 것이 아니라 사실로부터 추론할 수 있는 결과가 흥미롭다. 나는 또 하나의 자명한 이치를 알고 있다. 인간은 반드시 죽는다는 사실이다. 그런데도 이 사실에서 극단적인 결론을 도출한 사람들은 손에 꼽을 정도다. 이 글에서는 우리가 안다고 생각하는 것과 실제로 알고 있는 것, 실질적인 동의와 모른 척하는 태도 사이의 끊임없는 간극을 염두에 두어야 한다. 이렇게 모른 척하는 태도 덕분에 우리는, 온전히 실감한다면 삶 전체를 뒤흔들 만한 생각을 품고도 살아갈 수 있는 것이다. 이처럼 서로 뒤엉킨 정신적인 모순 앞에서 우리는 우리 자신의 창조물로부터 우리를 분리하는 불일치를 온전히 파악할 수 있다. 희망 없이는 움직이지 않는 세계에서 정신이 침묵을 지키는 한, 모든 것은 정신이 빚어낸 향수의 통일성 속에서 반영되고 정돈될 것이다. 그러나 정신이 움직이기 시작하는 순간부터 이 세상은 금이 가고 무너진다. 반짝이는 파편이 인식 속에 무한하게 펼쳐진다. 우리에게 마음의 평화를 줄 친숙하고 평온한 표면을 재구성한다는 것은 감히 바라지도 말아야 한다. 수 세기에 걸친 수많은 탐구와, 사상가들의 수많은 포기 끝에 우리는 이 정도가 우리의 인식 전체에 해당한다는 사실을 알게 되었다. 직업적인 합리주의자를 제외하고 오늘날 사람들은 참된 인식이 과연 존재하는가 하고 절망한다. 인간 사고에서 유일하게 의미 있는 역사만이 기록된다면, 이는 끝도 없이 계속되는 후회와 무능의 역사가 되어야 할 것이다.

과연 내가 누구에 대해, 무엇에 대해 말할 수 있을까? "나는 알고 있다." 내 안에 있는 이 마음을 느낄 수 있다. 나는 내 마음이 존재한다는 판단을 내린다. 내가 만질 수 있는 세상도 이와 마찬가지로 존재한다고 본다. 거기에서 나의 모든 지식은 끝나고, 나머지는 만들어낸 것일 뿐이다. 내가 확신하는 이 자아를 붙잡으려 하고, 정의하고 요약하려 한다고 해도 그것은 내 손가락 사이로 빠져나가는 물에 불과하다. 자아가 가정할 수 있는 모든 측면, 즉 그 양육, 기원, 열정 또는 침묵, 고귀함 혹은 그 사악함 등 자아에서 비롯된 모습을 하나하나 그릴 수는 있다. 그러나 이러한 모습을 전부 더할 수 없다. 나의 것인 이 마음조차 나에게 영원히 정의할 수 없는 것으로 남을 것이다. 내 존재에 대한 확신과 그 확신에 대해 내가 설명하려는 내용 사이의 간극은 절대로 채워지지 않을 것이다. 나는 영원히 나 자신에게 낯선 사람일 것이다. 논리에서와 마찬가지로 심리학에서도 여러 가지 진리는 있지만 단 하나의 진리는 없다. 소크라테스의 '너 자신을 알라'는 고해성사를 볼 때 하는 '덕을 행하라'는 말 정도의 가치만 있을 뿐이다. 이런 말들은 무지와 동시에 향수를 드러낸다. 위대한 주제에 관한 무의미한 연습이다. 막연하다는 바로 그 한계 안에서만 정당하다.

여기 나무가 있다. 나는 나무의 울퉁불퉁한 표면과 물기를 알고 그 맛을 느낀다. 풀 향기와 밤하늘의 별, 마음이 편안해지는 어느 저녁, 이렇게 그 영향력과 힘을 느끼게 하는 이 세상의 존재를 내가 어떻게 부정할 수 있겠는가? 그러나 지상의 그 어떤 지식도 내게 이 세상이 내 것이라는 확신을 주지는 못한다. 당신은 내게 세상을 설명해주고 분류하는 법을 가르쳐준다. 세상의 법칙을 열거하고, 지식에 대한 갈증 속에서 나는 그 말이 사실임을 인정한다. 당신은 세상의 작동 방식을 분석하고 나의 희망은 커진다. 마지막 단계에서 당신은 이 경이롭고 다채로운 우주가 원자로 환원되고, 원자 자체가 전자로 환원된다고 가르쳐준다. 여기까지는 좋았다. 나는 당신이 설명을 계속하기를 기다린다. 그러나 당신은 눈에 보이지 않는 전자 이야기를 꺼내며, 그 속에서 전자가 핵 주위를 회전한다고 말한다. 이 세계를 이미지로 설명하는 것이다. 그때 나는 당신이 시를 빌려 이야기하고 있음을 깨닫는다. 이런 설명이라면 나는 결코 이해하지 못할 것이다. 하지만 그렇다고 내게 화를 낼 시간이라도 있었겠는가? 이미 당신은 순식간에 이론을 바꿔버렸다. 내게 모든 것을 가르쳐주던 과학은 가설로 끝나고, 명쾌함은 은유 속으로 가라앉으며, 불확실성은 예술 작품으로 바뀐다. 내가 어쩌자고 설명을 알아들으려 그렇게 애썼을까? 차라리 저 언덕의 부드러운 능선과 이 고달픈 마음에 내려앉은 저녁의 손길이 세상에 대한 더 많은 것을 내게 일깨운다. 나는 다시 출발지로 돌아왔다. 과학적인 방식으로 현상을 포착하고 열거할 수 있다 해도 그것만으로는 세상을 이해할 수 없다는 것을 깨닫는다. 손가락으로 과학의 울퉁불퉁한 요철 전체를 쓰다듬는다 해도 더는 알 수 없을 것이다. 그리고 당신은 내게 확실하지만 아무것도 가르쳐주지 않는 묘사와, 가르쳐준다고 주장하면서도 확실하지 않은 가설 중 하나를 선택하라고 했다. 나는 나 자신과 세상에 있어 이방인이며, 나 자신을 긍정하는 즉시 부정하는 생각으로만 무장되어 있다. 이 조건에서는 알고 또 살아야 한다는 것을 거부해야만 평화를 얻고, 정복을 향한 욕구가 생겨도 그 욕구를 거부하는 벽에 부딪히고 만다. 무언가를 바란다는 것은 역설을 불러일으킨다는 것이다. 모든 것이 질서정연하게 배열되어 독약이 있는 평화가 생겨나면 태평함과 무기력함, 또는 치명적인 포기가 찾아온다.

따라서 지성 역시 내게 이 세상이 부조리하다는 것을 제 방식으로 말해준다. 반대로 맹목적인 이성은 모든 것이 분명하다고 주장할지 모른다. 나는 그 주장이 옳기를 갈망하며 증거를 기다리고 있었다. 하지만 자신만만하던 세기가 수없이 흐르고, 유창하고 설득력 있는 논객들이 수도 없이 나섰지만 나는 그것이 거짓임을 안다. 적어도 이런 면에서는 나 스스로가 알 수 없다면 행복은 없는 것이다. 실질적 혹은 도덕적인 그 보편적 이성, 결정론, 모든 것을 설명하는 범주를 점잖은 사람이라면 웃어넘길 것이다.

이런 것들은 정신과는 아무 상관이 없다. 이런 것은 정신이 사슬에 묶여 있다는 심오한 진리를 부정한다. 따라서 해독할 수 없고 한계가 있는 우주 속에서 인간의 운명은 그 의미를 얻게 된다. 비합리적인 무리가 들고 일어나 마지막 순간까지 인간을 에워싼다. 회복되어 되찾은 인간의 명철함 속에서 부조리의 감정은 더욱 분명하고 확실해진다. 앞서 나는 세상이 부조리하다고 말했는데 너무 성급했다. 세상은 그 자체로 합리적이지 않다. 내가 할 수 있는 말은 이게 전부다. 그러나 부조리한 것은 이 비합리와 명료함에 대한 터질 것 같은 열망과의 대립이다. 이 열망을 향한 호소가 인간의 마음속에서 울려 퍼진다. 부조리는 세상만큼이나 인간과 깊은 관련이 있다. 현재로서는 부조리만이 인간과 세계를 연결하는 유일한 고리다. 부조리는 이 둘을 단단히 하나로 묶는다. 증오만이 인간을 서로 묶어주는 것이나 마찬가지다. 나의 모험이 벌어지는, 이 측정할 수 없는 우주에서 내가 명확하게 분별할 수 있는 건 이것뿐이다. 여기서 잠시 멈추겠다. 나와 삶의 관계를 결정하는 부조리가 진실이라고 믿는다면, 세상의 온갖 장면을 마주하며 나를 사로잡는 이 감정과 지식의 추구를 통해 얻은 통찰력을 확신한다면, 나는 이 확신을 위해 모든 것을 희생해야 하고, 확신을 유지하기 위해 정면으로 바라보며 지탱해야 한다. 무엇보다도 확신에 따라 내 행동을 조절하며 모든 결과에 있어 확신을 밀고 나가야 한다. 나는 지금 정직함에 관해 이야기하고 있다. 하지만 그에 앞서 사막에서도 인간의 사유가 살아남을 수 있는지 알고 싶다.

*

나는 적어도 이미 사유가 그 사막에 들어섰다는 것은 알고 있다. 사유는 스스로 그곳에서 양식을 찾았다. 그리고 그때까지 환상에 기대어 자랐다는 사실을 깨닫고서 인간적 성찰의 가장 절박한 주제 몇 가지를 정당화했다.

우리가 부조리를 인식하는 순간부터 부조리는 세상에서 가장 고통스러운 열정이 된다. 그러나 그 열정을 품고 살 수 있는가, 가슴을 부풀어 오르게 하는 동시에 불을 지르는 열정의 심오한 법칙을 받아들일 수 있는가? 문제는 바로 이것이다. 하지만 이 질문은 아직 던지지 말아야 한다. 이번 논의의 핵심에 자리하는 질문이기 때문이다. 다시 이 주제에 대해 언급할 기회가 있을 것이다. 그러니 지금은 오히려 사막에서 비롯된 주제와 충동을 파악해보자. 사실 이를 열거하는 것만으로 충분할 것이다. 이런 주제와 욕망 역시 오늘날 모두에게 알려져 있기 때문이다. 비이성적인 사람들의 권리를 옹호하는 사람들은 언제나 있었다. 굴욕적인 사유라고 부를 만한 것의 전통은 결코 멈춘 적이 없다. 합리주의에 대한 비판은 너무 자주 제기되는 바람에 여기에서 다시 언급할 필요조차 없어 보인다. 그러나 우리 시대에는 마치 언제나 계속, 진정 이성이 앞서나가기라도 했다는 듯 이성의 발목을 잡으려는 역설적인 시스템이 재등장하는 양상도 보인다. 그러나 이 양상은 이성의 효능을 증명하기보다는 이성을 향한 희망이 얼마나 강렬한지를 증명한다. 역사적인 차원에서 이 두 가지 태도가 지속되어왔다는 사실은, 통일성을 향한 호소와 자신을 둘러싼 벽에 품은 명확한 인식 사이에서 분열된 인간의 본질적인 열정을 드러낸다.

그러나 이성에 대한 공격이 우리 시대보다 더 활발했던 시기는 아마 전혀 없을 것이다. 차라투스트라는 "우연히도 이성은 세상에서 가장 오래되고 위대한 개념이 되었다. 내가 모든 사물을 지배하는 영원한 의지 같은 것은 없다고 선언했을 때 나는 만물에 이성을 돌려주었던 셈이다"라는 위대한 절규를 남겼다. 그리고 '더 이상 아무것도 이어지지 않고 오직 죽음에 이르는 병'이라고 키르케고르가 질병에 대해 치명적인 발언을 한 이후, 부조리한 사유에서 죽음이라는 중대하고 고통스러운 주제는 잇달아 등장했다. 미묘한 표현의 차이도 물론 중요하지만, 적어도 비합리적이고 종교적인 사고의 주제는 계속 이어져왔다. 야스퍼스에서 하이데거, 러시아 철학자 레프 셰스토프, 현상학자들 그리고 독일 철학자 막스 셸러에 이르기까지, 논리적인 면이나 윤리적인 면에서, 목적이나 방법론에서는 서로 대립하면서도 향수라는 공통점이 있는 한 무리의 정신이 이성이라는 왕도를 막고 진리로 곧장 나아가는 길을 되찾기 위해 열중했다. 여기서 나는 이런 사상들이 충분히 알려지고 실행되었다고 상정하는 바다. 그 야심이 어떠했고 또 지금 어떠하든 이들은 하나같이 모순과 이율배반, 고뇌 또는 무력감이 지배하며 형언할 수 없는 세계에서 출발했다. 그리고 이들 사상의 공통점은 바로 지금까지 이야기해온 주제다. 이들에게 무엇보다 중요한 것은 그 발견을 통해 얻은 결론이라는 점을 분명히 밝히는 바다. 이 결론은 매우 중요하기 때문에 나중에 따로 검토할 것이다. 그러나 지금으로서는 그들이 발견한 것과 초기 경험에만 관심을 두고자 한다. 그들의 공통점만을 짚고 넘어가자는 것이다. 그 깊은 배경이 되는 철학을 다루는 것은 주제넘은 일일지 모르지만, 이들 사상의 공통적인 환경을 언급하는 것은 얼마든지 가능하며, 또 그것으로 충분하다.

하이데거는 인간의 조건을 냉정하게 고찰한 후 인간의 실존은 굴욕적이라고 선언했다. 인간의 존재를 이루는 사슬 전체에서 유일한 현실은 '관심souci'일 뿐이다. 세상과 그 위희 속에 길을 잃은 인간에게 이 관심은 잠시 스치고 지나가는 두려움이다. 하지만 자기 자신을 의식하는 순간, 이 두려움은 고뇌로 바뀐다. 그리고 명철한 사람의 영원한 환경으로 자리 잡아 '실존 그 자체로 되돌아간다'. 철학 교수인 하이데거는 가장 추상적인 언어로 거침없이 이렇게 썼다. "인간 실존의 유한하고 제한적인 특성은 인간 자신보다 더 근원적이다." 칸트에 대한 하이데거의 관심은 칸트의 '순수 이성'의 한정적인 성격을 인식하는 데까지만 확장된다. 이는 "세상은 불안으로 가득 찬 인간에게 더 이상 아무것도 줄 수 없다"라는 그의 분석과 일치한다. 그에게 이 관심은 추론의 범주를 훨씬 뛰어넘는 것이어서 그는 오로지 관심에 대해서만 생각하고 이야기하는 것처럼 보인다. 그는 관심의 여러 양상을 열거한다. 이를테면 평범한 사람이 자기 안에서 관심이 사라지게 하고 무감각하게 만들려고 노력할 때의 지루함, 정신이 죽음을 바라볼 때의 공포 등이 있다. 하이데거 역시 의식을 부조리와 별

개로 여기지 않는다. 죽음을 의식하는 것은 관심의 부름과 같으며, '실존은 의식이라는 매개를 통해 그 자신의 소환을 직접 전달한다.' 불안은 곧 고뇌의 목소리고, 실존을 향해 '익명의 존재 속 자기 상실로부터 원래의 자신으로 돌아오라고' 명한다. 하이데거 역시 인간은 잠들어서는 안 되고, 완성될 때까지 깨어 있어야 한다고 믿는다. 그는 이 부조리한 세상에 버티면서 반드시 소멸할 수밖에 없는 세상의 특성을 지적한다. 그리고 폐허 속 한복판에서 자신의 길을 찾아 나선다.

그 어떤 존재론에도 야스퍼스가 절망하는 이유는 우리가 '순진함'을 잃어버렸다고 보기 때문이다. 그는 우리가 겉으로 유지하는 치명적인 게임을 뛰어넘는 그 어떤 것도 성취할 수 없다는 것을 안다. 정신의 끝에서 우리가 실패를 맛본다는 것도 안다. 역사를 통해 드러난 정신적인 모험을 관찰하면서 각 체계의 결함, 모든 것을 구원해주었던 환상, 속내가 훤히 드러나는 설교 등을 가차 없이 폭로한다. 인식의 불가능성이 구축되고 영원한 허무가 유일한 현실처럼 보이며 구제할 수 없는 절망이 유일한 태도인 듯 보이는 이 황폐한 세상에서 그는 신성한 비밀로 이끄는 아리아드네의 실을 되찾으려 노력한다.

셰스토프는 놀랍도록 단조로운 작품 전체에 걸쳐 동일한 진리를 향해 끊임없이 노력한다. 그리고 가장 견고한 체계나 가장 보편적인 합리주의가 결국 비합리적인 인간 사고에 걸려 넘어진다는 사실을 줄기차게 증명한다. 이성의 가치를 떨어뜨리는 것이면 그 어떤 역설적인 증거나 하찮은 모순이라도 놓치지 않는다. 그의 관심 대상은 오직 한 가지다. 가슴의 역사에서든 정신의 역사에서든 오직 이 하나만이 예외다. 그는 사형수가 겪는 도스토옙스키적 경험, 니체적 정신이 보여주는 극단적인 모험, 햄릿의 저주, 입센의 신랄한 귀족주의를 통해 돌이킬 수 없는 것에 맞서는 인간의 반항을 추적하고 조명하며 찬양한다. 이성이 제시하는 이유를 거부하고 모든 확실성이 돌로 변한 무채색의 사막 한복판에 이르러서야 결단을 내리고 발걸음을 내딛기 시작한다.

아마도 이 사상가들 중 가장 흥미로울 키르케고르는 적어도 생애 한 시기 동안은 부조리를 발견하는 이상으로 몸소 부조리를 실천한다. 키르케고르는 이렇게 쓴다. "가장 확실하게 침묵하는 방법은 침묵하는 것이 아니라 말하는 것이다." 그는 처음부터 그 어떤 진리도 절대적이지 않으며, 애초부터 불가능한 것인 실존을 만족시킬 수는 없다고 단언한다. 인식에서 돈 후안 격인 그는 숱한 가명을 쓰고 다채로운 모순을 구사했으며, 냉소적인 유심론 교본인《다양한 영혼이 말하는 교훈적 담론Discourses of Edification》과 동시에《유혹자의 일기The Diary of the Seducer》를 썼다. 그는 위안과 도덕, 안식을 주는 모든 원칙을 거부한다. 심장에 박힌 가시의 고통을 가라앉히려 하지도 않는다. 오히려 그 고통을 일깨우고, 십자가에 못 박히는 형벌을 달게 받는 자의 절망적인 기쁨 속에서 통찰과 거부, 코미디 등 귀신 들린 자의 목록을 하나씩 쌓아 나간다. 다정하면서도 냉소적인 얼굴, 영혼의 밑바닥에서 나오는 외침에 뒤이은 태도 전환, 이것은 바로 자기를 초월하는 현실과 씨름하는 부조리한 정신 그 자체다. 키르케고르로

하여금 온갖 비난을 기꺼이 감수하게 만드는 정신적 모험 역시 익숙한 배경이 사라지고 태초의 지리멸렬로 되돌아간 혼란스러운 경험 속에서 시작한다.

후설과 현상학자들은 전혀 다른 차원, 즉 방법론의 차원에서 그들의 과도함 자체를 통해 세계를 그 다양성 속에 회복시키고 이성의 초월적 능력을 거부한다. 정신의 세계는 이들을 통해 헤아릴 수 없을 정도로 풍요로워진다. 장미 꽃잎과 도로 이정표, 또는 사람의 손은 사랑과 욕망, 또는 중력의 법칙만큼이나 중요하다. 생각한다는 것은 더 이상 통일하거나 거대한 원칙에 따라 겉모습을 친근하게 만드는 일이 아니다. 생각한다는 것은 보고 주의를 기울이는 방법을 다시 배우는 것이며, 의식을 주도하는 것이다. 프루스트가 그렇게 하듯이 생각 하나하나, 영상 하나하나에 특권적인 지위를 부여하는 일이다. 사고를 정당화하는 것은 바로 사고의 극단적 의식이다. 키르케고르나 셰스토프보다 더 적극적이기는 하지만 후설의 진행 방식은 원래 이성의 고전적인 방법을 부정하고 희망을 저버리며, 무수히 증식하는 모든 현상의 풍부함이 비인간적으로 느껴질 정도의 세계를 직관과 마음에 열어 보인다. 이 길은 모든 지식으로 이어지거나, 어떤 지식으로도 이어지지 않는다. 이는 곧 방식이 목적보다 더 중요하다는 뜻이다. 중요한 것은 '인식을 위한 하나의 태도'일 뿐이지, 위안이 아니다. 다시 한번 말하지만, 적어도 처음에는 그랬다.

어떻게 이 모든 정신이 맺은 깊은 혈연관계를 느끼지 못하겠는가! 이들 정신이 특별하고도 쓰디쓴 순간, 희망이 더 이상 설

자리가 없는 곳에 자리 잡고 있다는 사실을 어떻게 모를 수 있겠는가? 나는 모든 것이 설명되거나, 아무것도 설명되지 않기를 원한다. 그런데 마음속의 이 절규 앞에서 이성은 무기력해진다. 요청에 깨어난 정신은 답을 찾아 나서지만, 모순과 터무니없는 소리만을 발견할 뿐이다. 내가 이해할 수 없다면 합리적이지 않은 것이다. 세상은 이러한 비합리투성이다. 내가 단 하나의 의미도 이해하지 못한다면, 세상 자체가 하나의 거대한 비합리에 지나지 않는다. 단 한 번이라도 '이 사실은 분명하다'라고 말할 수 있다면 전부가 구원받을 것이다. 그러나 열망뿐인 사람들은 경쟁이라도 하듯 그 어떤 것도 분명하지 않고, 죄다 혼돈이며, 인간에게는 자신의 통찰력과 자신을 둘러싼 벽에 대한 확실한 인식뿐이라고 주장한다.

이 모든 경험은 서로 부합하고 일치한다. 정신은 궁극적 한계점에 도달하면 판단을 내리고 결론을 택해야 한다. 이 지점에 바로 자살과 해답이 놓여 있다. 하지만 나는 탐구의 순서를 바꾸어 지적 모험에서 출발한 다음 일상적인 행위로 돌아오고자 한다. 여기서 언급한 경험은 사막에서 태어났으며, 우리는 사막을 그대로 남겨둬서는 안 된다. 적어도 그 경험이 어디에 이르렀는지는 반드시 알아야 한다. 이 지점에 노력이 이르면 인간은 비합리와 대면하게 된다. 내면에서 행복과 이성을 향한 갈망을 느낀다. 인간의 호소와 세상의 비합리적 침묵 사이의 대면에서 부조리가 태어난다. 이 사실을 잊어서는 안 된다. 한 인생의 결론이 송두리째 이 사실에서 비롯될 수 있기 때문이다. 비합리와 인간의 향수,

이 두 가지의 대면에서 태어나는 부조리. 이 세 가지가 삶이라는 연극의 세 등장인물이며, 이 연극은 필연적으로 한 실존이 감당할 수 있는 모든 논리와 함께 끝을 맺는다.

철학적 자살

그렇다고 부조리의 감정이 곧 부조리의 개념은 아니다. 부조리의 감정이 부조리의 개념에 토대를 마련할 뿐이고, 그것이 전부다. 부조리의 감정은 우주에 관해 판단을 내리는 짧은 순간을 제외하고는 부조리의 개념에 국한되지 않는다. 그 이후에도 더 멀리 나아갈 길이 남아 있다. 부조리의 감정은 살아 있다. 즉, 죽어버리지 않는다면 더 멀리까지 반향을 일으킨다. 우리가 함께 다룬 주제들 역시 그렇다. 그러나 여기에서도 나의 관심을 끄는 부분은 어떤 작품이나 인간 정신이 아니다. 이를 비평하기 위해서는 다른 형식과 다른 공간이 필요할 것이다. 하지만 나의 관심은 부조리에서 비롯된 결론의 공통점이 무엇인지 발견하는 데 있다. 여러 사상이 지금처럼 서로 이렇게 달랐던 적은 없었을 것이다. 그런데도 우리는 그런 사상이 작동하면 이들을 둘러싼 정신적 풍경이 동일하다고 인식한다. 마찬가지로 서로 그토록 다른 학문을 거쳤음에도 불구하고 정신적 여정을 마무리하는 이들의 외침은 결국 똑같은 방식으로 울려 퍼진다. 우리가 방금 떠올린 사상가들에게 어떤 공통의 기류가 흐른다는 점만큼은 분명하다. 이 기류가 치명적이라고 말한다고 해서 그저 말장난이라고 할 수는 없다. 숨 막힐 듯한 하늘 아래서 살게 되면 벗어나거나 머무를 수밖에 없다. 전자의 경우에는 어떻게 벗어나는지, 후자의 경우에는 왜 그대로 머물러야 하는지 알아내야 한다. 나는 이런 식으로 자살의 문제와 실존 철학의 결론에 대해 느낄 수 있는 관심을 정의한다.

하지만 그 전에 잠시 정해진 길에서 벗어나려 한다. 지금까지 우리는 부조리를 바깥에서부터 규정하려 했다. 그러나 이 부조리의 개념에 정확히 무엇이 포함되어 있는지 의문이 생길 수 있다. 직접적인 분석을 통해 한편으로는 부조리의 의미를 발견하고, 다른 한편으로는 그 의미에서 비롯되는 결과를 밝혀낼 수도 있다.

만약 내가 무고한 사람이 잔인한 범죄를 저질렀다고 고발하고, 고결한 사람에게 그가 자기 누이를 탐했다고 말한다면 그 사람은 나의 행동이 부조리하다고 맞설 것이다. 그의 분노에는 우스꽝스러운 측면이 있다. 하지만 심각한 이유도 있다. 도덕적인 사람은 내게 맞서면서 내가 비난하는 그의 행위와 그가 평생 지켜온 원칙 사이에 결정적인 모순이 존재한다고 설명할 것이다. '부조리하다'는 말은 '불가능하다'는 뜻이기도 하지만 '모순이다'라는 뜻이기도 하다. 만약 어설프게 칼로만 무장한 남자가 기관총을 든 부대를 공격하는 장면을 본다면 나는 그 남자의 행동이 부조리하다고 생각할 것이다. 그런데 여기서 부조리가 생긴 이유는 전적으로 그의 의도와 그가 마주하게 될 현실이 불균형을 이루고, 그의 실력과 바라보는 목표 사이에서 모순이 발견되기 때문이다. 우리는 또한 어떤 판결이 겉으로 보기에 자명한 사실에 부합하는 판결과 대조될 때 그 판결이 부조리하다고 판단할 것이다. 그리고 부조리를 통한 증명도 그 추론의 결과와 우리가 구축하고자 하는 논리적 현실과 비교함으로써 이루어진다. 가장 단순한 논증부터 가장 복잡한 논증에 이르는 모든 경우에 내가 비교하는 두 항 사이의 격차가 증가할수록 부조리가 더 커질 것이다. 부조리한 결혼이 있고, 부조리한 도전과 원한, 침묵과 전쟁, 심지어 부조리한 평화까지 있다. 각각의 경우, 부조리는 두 항의 비교에서 비롯된다. 따라서 부조리의 감정은 단순히 한 가지의 사실이나 인상을 검토하는 데서 생기는 것이 아니다. 그보다는 어떤 하나의 사실과 실제 현실과의 비교, 어떤 행동과 그 행동을 초월하는 세계 사이의 비교에서 태어난다고 말하는 편이 정당하다. 부조리는 본질적으로 어떤 분리다. 비교로 삼은 두 요소 중 어느 하나에 있는 것이 아니라 두 요소의 대립에서 생겨난다.

따라서 이해를 돕는 차원에서 말하자면 부조리는 (그런 은유에 의미가 있다고 할 수 있다면) 인간이나 세상 자체에 있는 것이 아니라 오직 인간과 세상이 함께 있는 가운데 존재할 뿐이라고 말할 수 있다. 현재로서는 부조리가 인간과 세상을 묶어주는 단 하나의 끈이다. 명백한 사실만 말하자면 나는 인간이 무엇을 원하는지, 세상이 인간에게 무엇을 제공하는지 안다. 이제는 무엇이 세상과 인간을 연결해주는지도 안다고 말할 수 있다. 더 깊이 파고들 필요가 없다. 탐구하는 사람에게는 단 하나의 확실성만으로 충분하다. 중요한 것은 하나의 확실성으로부터 가능한 모든 결과를 도출하는 것이다.

당장 나타나는 결과는 또한 방법적 규칙이기도 하다. 이런 식으로 밝혀진 기이한 삼위일체는 분명 경이로운 발견은 아니다. 그러나 한없이 단순하면서도 한없이 복잡하다는 점에서 경험적 데이터와 유사하다. 이런 면에서 삼위일체의 가장 먼저 눈에 띄는 특징은 서로 분리할 수 없다는 점이다. 세 가지 중 어느 하나를 파괴하는 것은 전체를 파괴하는 것이다. 인간의 정신에서 벗어나면 부조리는 존재할 수 없다. 따라서 다른 모든 것이 그렇듯이 부조리 역시 죽음으로 끝난다. 그런데 이 세상 밖에서도 부조리는 존재할 수 없다. 그리고 이 근본적인 기준에 따라 나는 부조리의 개념이 본질적인 것이며, 이것이 나의 진리 중 첫 번째를 차지한다고 판단한다. 위에서 언급한 방법적 법칙이 바로 여기서 나타난다. 내가 어떤 것을 진실이라고 판단하면 나는 그것을 있는 그대로 보존해야 한다. 어떤 문제를 해결하려 한다면, 적어도 그 해결책으로 인해 문제의 여러 항목 중 하나를 감추어서는 안 된다. 나에게 주어진 유일한 데이터가 부조리다. 문제는 어떻게 이 부조리에서 빠져나올 수 있는가, 과연 자살이 부조리의 결론이 되어야 하는지를 알아보는 데 있다. 내 탐구의 첫 번째이자 사실상 유일한 조건은 나를 짓누르는 바로 그것 자체를 보존하는 일, 그 결과 내가 그것의 본질이라고 판단하는 것을 존중하는 일이다. 나는 방금 이것을 하나의 대면, 끊임없는 투쟁이라고 정의했다.

이 부조리의 논리를 극한까지 밀고 나가면서 나는 이 투쟁이 (절망과 아무 관련이 없는) 희망의 전적인 부재, (포기와 혼동해서는 안 되는) 지속적인 거부, (미성숙한 시기의 불안과 비교해서는 안 될) 의식적인 불만을 전제로 삼는다는 것을 인정해야 한다. 이러한 요구를 파괴하거나, 없애거나, 교묘히 비켜 가는 모든 것(그중에서도 특히 단절을 파괴하는 동의)은 부조리를 완전히 파괴하고, 우리가 제시할 수 있는 태도의 가치를 떨어뜨린다. 부조리는 우리가 그것에 동의하지 않는 한에서만 의미가 있다.

*

한 가지 분명한 사실만큼은 완전히 도덕적으로 보인다. 인간은 항상 자신의 진리에 사로잡혀 있다. 일단 진리를 인정하고 나면 거기서 자유로울 수 없다. 어느 정도 대가를 치러야 한다. 부조리를 의식하게 된 사람은 영원히 부조리에 묶인다. 희망이 없으며, 또 희망 없는 상태를 의식하고 있는 사람은 미래를 바라보지 않게 된다. 이는 당연한 일이다. 그러나 그가 스스로 창조한 세상에서 빠져나오기 위해 벗어나려 노력하는 것 역시 당연하다. 지금까지 설명한 내용은 오로지 이 역설을 염두에 둘 때 의미가 있다. 어떤 사람들은 합리주의에 대한 비판에서 시작하여 부조리한 기류를 인정했다. 이런 측면에서 이들이 어떤 방식으로 결론을 정교하게 다듬어왔는지 검토해보는 것은 그 무엇보다 유익할 것이다.

그렇다면 이제 여러 실존 철학으로 검토의 범위를 한정해보자. 실존 철학에서는 예외 없이 전부 도피를 권한다는 사실을 알 수 있다. 인간적인 것으로 한정된 폐쇄적인 세상에서, 이성의 폐허 위에 있는 부조리에서 출발한 실존 철학에서는 기묘한 논리를 통해 자신을 짓누르는 것을 신격화하고 자신을 헐벗게 만드는 것에서 희망의 이유를 찾는다. 그 강요된 희망은 하나같이 종교적이다. 이 부분에 주목할 필요가 있다.

여기에서는 셰스토프와 키르케고르에게 있어 특별한 몇 가지 주제를 예로 들어 분석하는 데 그치겠다. 그러나 야스퍼스는 희화적인 형태로 이러한 태도의 전형적인 예를 우리에게 제공할 것이다. 결과적으로 그 나머지도 한층 더 명확해질 것이다. 그는 초월적인 것을 실현하지 못하고, 경험의 깊이를 헤아릴 수도 없으며, 그저 실패로 인해 전복된 세상을 의식할 뿐이다. 그는 이 실패로부터 더 발전할 것인가? 아니면 적어도 어떤 결론을 도출할 수는 있을까? 그는 새로운 것을 전혀 찾아내지 못한다. 자신의 무력함을 고백할 뿐, 경험에서 아무것도 발견하지 못하고, 만족할 만한 원칙을 추론할 구실도 얻지 못한다. 그러나 그는 스스로 말하듯 정당한 이유도 없이 별안간 초월적인 것과 경험의 존재, 삶의 초인적인 의미를 한꺼번에 주장한다. 그는 이렇게 쓴다. "실패는 가능한 일체의 설명과 해석을 넘어 초월의 부재가 아니라 존재를 보여주지 않는가?" 갑작스레, 그리고 인간적 신뢰라는 맹

목적인 행위를 통해 모든 것을 설명하는 이 존재를 그는 '보편적인 것과 개별적인 것의 생각지도 못한 통일'이라고 정의한다. 따라서 부조리는 (이 단어의 가장 넓은 의미에서) 신이 되고, 이해하지 못한다는 사실은 모든 것을 비추는 존재가 된다. 이 추론을 논리적으로 뒷받침하는 근거는 하나도 없다. 그러니 이 추론을 비약이라 할 수 있겠다. 그래서 역설적으로 초월자의 경험을 실현 불가능한 것으로 만들려는 야스퍼스의 고집과 무한한 인내심을 이해할 수 있게 된다. 초월자에 대한 설명이 모호하면 할수록 그 정의가 더욱 공허한 것으로 드러나고, 오히려 초월이 그에게 더욱 현실적으로 다가온다. 야스퍼스가 초월성을 주장하는 데 바친 열정은 바로 그의 설명 능력과 세계 및 경험의 비합리성 사이의 격차에 비례하기 때문이다. 따라서 좀 더 근본적인 방식으로 세계를 설명하려 할수록 야스퍼스는 이성의 편견을 파괴하는 데 더더욱 집중하게 된다. 이 굴욕적인 사고의 전도사는 굴욕의 극한에서 존재를 그 심오한 깊이까지 회생할 만한 수단을 발견할 것이다.

신비주의적 사고 덕분에 이런 방식이 우리에게 익숙해졌다. 이 방식은 그 어떤 정신적 태도 못지않게 정당하다. 하지만 지금 나는 마치 어떤 문제를 심각하게 받아들이는 것처럼 행동하고 있다. 이러한 태도의 일반적인 가치나 교육적 힘을 미리 판단하지 않고, 다만 내가 스스로 설정한 조건에 이 태도가 부합하는지, 내가 관심이 있는 갈등에 걸맞은지를 고려할 뿐이다. 이렇게 나는 다시 셰스토프에게로 돌아온다. 한 주석자가 우리가 관심을 보일 만한 셰스토프의 발언을 인용한다.

그가 말했다. "단 하나의 진정한 해결책은 인간의 판단에는 해결책을 찾지 못하는 지점에 있다. 그렇지 않고서야 우리에게 왜 신이 필요하겠는가? 우리는 오직 불가능한 것을 얻기 위해 신에게 의지한다. 가능한 일은 인간만으로도 충분하다." 셰스토프 철학이라는 게 있다면 그 핵심은 바로 이렇게 요약될 것이다. 열정적으로 분석하고 난 후 결론에서 모든 존재의 근원적인 부조리성을 발견했을 때 셰스토프는 "이것이 부조리다"라고 말하지 않는다. 오히려 이렇게 말한다. "이것은 신이다. 신이 이성의 그 어떤 범주와 부합하지 않는다 해도 우리는 그를 의지해야 한다." 오해가 생기지 않도록 이 러시아 철학자는 문제의 신이 아마도 증오로 가득 차 있고, 혐오스러우며 이해할 수 없는 데다 모순적이라고 설명한다. 그리고 신의 모습이 더 끔찍할수록 가장 강력한 힘을 입증하는 것이라고 암시하기까지 한다. 신의 위대함은 이 모순에 있다. 신을 드러내는 증거는 바로 그 비인간성에 있다. 우리는 신의 품에 뛰어들어야 하고, 이 비약으로 합리적인 환상에서 벗어나야 한다. 따라서 셰스토프에게 부조리를 받아들이는 것은 부조리 그 자체와 동시에 이루어진다. 부조리를 인식한다는 것은 부조리를 받아들이는 것이며, 사고의 모든 논리적 노력은 부조리를 끌어냄과 동시에 부조리에 따르는 엄청난 희망이 터져 나올 수 있도록 하는 데 있다. 거듭 되풀이하지만 이러한 태도는 정당하다. 그러나 나는 여기서 하나의 문제와 거기서 나오는 결과만을 주시하고 있다. 어떤 생각이나 신념의 행위까지 검토할 필요는 없다. 그렇게 하려면 평생이 걸릴 것이다. 합리주의자에게 셰스토프의 태도가 거슬린다는 것쯤은 알고 있다. 그러나 나는 합리주의자보다 셰스토프가 옳다는 것 역시 알고 있다. 그저 셰스토프가 부조리의 계율에 충실한지 알고 싶을 뿐이다.

이렇게 부조리가 희망과 정반대임을 인정한다면, 셰스토프의 실존 사상은 부조리를 전제로 삼긴 하지만, 그가 부조리를 증명하려는 이유는 오직 떨쳐버리기 위해서라는 사실을 알 수 있다. 이처럼 미묘한 생각은 마술사의 감정적 속임수와도 같다. 셰스토프는 다른 곳에서 자신의 부조리를 일반적 도덕과 이성에 반대되는 것으로 설정하면서 그 부조리를 진리이자 속죄라고 부른다. 그러므로 이와 같은 부조리의 정의에는 셰스토프가 근본적으로 부조리에 동의한다는 의미가 담겨 있다. 부조리라는 개념의 모든 힘이 부조리가 우리의 기본적인 희망과 충돌하는 방식으로 존재한다는 점을 인정한다면, 부조리가 계속 존재하기 위해서는 우리가 그것에 동의하지 않아야 한다고 느낀다면, 부조리는 이해할 수 없으면서도 만족스러운 영원성으로 들어가기 위해 그 진정한 측면, 인간적이고 상대적인 성격을 잃었다는 것을 분명히 알 수 있다. 부조리가 존재한다면 그것은 인간의 세상 속에서다. 부조리의 개념이 영원의 발판으로 변신하는 순간, 그 개념은 이미 인간의 통찰과 관련이 없어진다. 그러므로 부조리는 더 이상 인간이 동의하지 않은 채로도 그 존재를 확신하는 자명함이 아니다. 투쟁은 회피되었다. 인간은 부조리를 통합하고 이러한 일치 속에 부조리의 근본적인 성격, 즉 반대와 분열, 분리가 사라지게 한다. 이 비약은 일종의 회피다. 셰스토프는 "시간의 나사가 빠져버렸도다"라는 햄릿의 대사를 즐겨 인용한다. 이 대사를 써 내려가며 그는 거친 희망을 품는데, 이 희망은 전적으로 셰스토프 고유의 것이다. 햄릿이 원래 이런 뜻으로 말하거나, 셰익스피어가 이런 뜻에서 쓰지 않았기 때문이다. 비합리에 취하고 몰입에 빠져들다 보면 명철한 정신이 부조리에서 멀어지게 된다. 셰스토프에게 이성은 쓸모없지만, 이성 너머에 무언가가 있다. 부조리한 정신 앞에 이성은 쓸모없으며, 이성 너머에는 아무것도 없다.

이러한 비약을 통해 부조리의 참다운 본질을 좀 더 선명하게 깨달을 수 있다. 부조리는 오직 둘 사이의 균형 속에서만 의미가 있고, 무엇보다 비교 속에 있는 것이지, 비교되는 각각의 항 속에 있는 것이 아니다. 그러나 셰스토프는 두 가지 항 중 어느 하나에만 초점을 맞추면서 균형을 파괴한다. 이해하려는 우리의 욕구, 절대를 향한 우리의 향수는 바로 우리가 많은 것을 이해하고 설명할 수 있는 범위 내에서만 설명될 수 있다. 이성을 절대적으로 부정해봤자 소용없다. 이성에는 나름의 질서가 있고, 이성은 그 질서 속에서 효과를 발휘한다. 바로 인간의 경험이라는 질서이다. 이 점 때문에 우리는 매사를 명확히 밝히고 싶어한다. 만약 그렇게 할 수 없고 그래서 부조리가 탄생한다면, 이는 효과적이지만 제한적인 이성과 끊임없이 되살아나는 비합리가 서로 만나는 것이다. "태양계의 운동은 불변의 법칙에 따라 일어나며 이 법칙이 곧 태양계의 이성이다" 같은 헤겔의 명제에 분노할 때, 어떻게든 스피노자의 합리주의를 무너뜨리고 싶을 때 셰스토프는 이성이란 죄다 허망하다는 결론을 내린다. 자연스럽지만 부당한 전환을 통해 그 자리에서 비합리가 우위를 차지한다.* 그러나 이런 식의 전환은 쉽지 않다. 여기에 한계의 개념과 차원의 개념이 개입할 수 있기 때문이다. 자연의 법칙은 어느 한계까지만 작동할 수 있으며, 한계를 넘어서면 법칙 자체를 거스르며 부조리가 생겨난다. 나아가 이 법칙은 묘사의 차원에서는 정당화될 순 있어도 설명의 차원에서는 그렇지 않을 수 있다. 여기서 모든 것이 비합리에 희생되고, 명확성에 대한 요구가 감춰지면서 부조리는 비교의 항들 중 하나와 함께 사라진다. 반면 부조리한 인간은 이런 평준화의 과정을 거치지 않는다. 투쟁을 인정하고 이성을 전적으로 경멸하지 않으면서도 비합리를 받아들인다. 이렇게 다시 한번 모든 경험의 내용을 한눈에 받아들이고, 알기도 전에 비약하려 하지 않는다. 날카로운 의식 속에서 희망의 여지가 없음을 알 뿐이다.

레프 셰스토프에게서 감지할 수 있는 것이 아마 키르케고르에게서 더욱 선명하게 드러날 것이다. 물론 키르케고르처럼 애매한 사상가에게서 명확한 명제를 끄집어내기는 어렵다. 그러나 겉보기에 상반되는 듯한 글들에도 불구하고 그의 여러 가명과 장난, 미소 너머로 작품 전반에 걸쳐 진리의 예감 같은 것이 느껴진다.

* 특히 예외라는 개념과 관련하여, 그리고 아리스토텔레스에 반대하여

이 진리는 말년의 작품에서 확실히 나타난다. 즉, 키르케고르 역시 비약한다. 어린 시절 기독교를 무척 두려워했던 그는 끝내 기독교의 가장 가혹한 측면으로 되돌아온다. 그에게도 모순과 역설이 종교적인 것의 기준이 된다. 그리하여 그에게 삶의 의미와 깊이에 대해 절망하게 만들었던 바로 그것이 이제 그에게 진리와 명확성을 일깨운다. 기독교는 스캔들이며, 키르케고르가 솔직하게 요구하는 것은 이냐시오 데 로욜라가 요구했던 세 번째 희생, 즉 신이 가장 기뻐하는 희생인 '지성의 희생'이다.*

이 '비약'의 효과는 이상하지만, 더 이상 우리를 놀라게 하지 않는다. 그는 부조리를 다른 세계의 기준으로 삼지만, 부조리는 그저 이 세상 경험의 잔재일 뿐이다. 키르케고르는 이렇게 말한다. "종교인은 자신의 실패 속에서 승리를 발견한다."

나는 이러한 태도가 어떤 감동적인 설교와 관련이 있는지는 궁금하지 않다. 단지 부조리의 광경과 그 자체의 성격이 이를 정당화하는지 궁금할 뿐이다. 이 점에 대해서는 그렇지 않다는 사실을 알고 있다. 부조리의 내용을 다시 살펴보면 키르케고르에게 영감을 준 방식을 더 잘 이해할 수 있다. 그는 세상의 비합리와 부조리의 반항적인 향수 사이에서 균형을 유지하지 못한다.

* 여기서 내가 신앙이라는 근본적인 문제를 소홀히 하는 것처럼 보일지도 모른다. 하지만 나는 키르케고르나 셰스토프, 이후 다룰 후설의 철학을 검토하고자 하는 것이 아니다(이를 위해서는 다른 지면이나 다른 사고방식이 필요할 것이다). 나는 이들에게서 그저 주제를 빌려 와 그 결과가 이미 구축된 규범에 적합한지 검토할 뿐이다. 여기서 중요한 것은 오직 집요함뿐이다.

정확히 말해 부조리한 감정을 만드는 이 둘의 관계를 존중하지 않는다. 비합리에서 빠져나올 수 없다고 확신한 그는 적어도 무미건조하고 아무 의미 없어 보이는 절망적인 향수에서 도망치려 한다. 그러나 이런 점에 있어 그의 판단이 옳다고 해도 그의 부정에 있어서도 옳다고 할 수는 없다. 반항을 부르짖는 대신 무언가에 열광적으로 집착한다면 그는 지금까지 자신을 깨우쳐준 부조리를 외면하고 자신이 소유하게 될 유일한 확신인 비합리를 신격화하게 될 것이다. 아베 갈리아니 신부가 데피네 부인에게 말했듯이 고통을 치유하는 것이 아니라 고통과 더불어 살아가는 것이 중요하다. 그런데 키르케고르는 치유되고 싶어 한다. 치유되는 것이야말로 그의 열렬한 소망이며, 그의 일기 전체를 관통하는 주제다. 그가 쏟은 지성적 노력은 온통 인간의 이율배반적인 조건에서 벗어나려는 데 있다. 그의 노력은 무척이나 절망적이다. 그는 자기 자신에 대해 말할 때면 신을 향한 두려움으로도, 신성으로도 평화를 얻을 수 없다는 듯이 이야기하기 때문이다. 따라서 그는 고통스럽기 짝이 없는 속임수를 동원해 비합리에 얼굴을 부여하고, 신에게 부당하고 모순적이며 이해할 수 없는 부조리의 속성을 부여한다. 그 안의 지성만이 인간 마음 깊은 곳의 근본적인 욕구를 억누르려 애쓴다. 증명된 것이 없기 때문에 모든 것이 증명될 수 있는 것이다.

자신이 걸어온 길을 우리에게 보여주는 사람은 바로 키르케고르 자신이다. 나는 여기서 아무 암시도 하고 싶지 않다. 하지만 부조리에 동의하는 왜곡과 거의 자발적으로 영혼을 왜곡한 징후를 그의 작품들 속에서 어찌 읽어내지 못하겠는가? 이것이 그의 일기에 지속해서 반복되는 주제다. "내게 부족한 것은 바로 동물적 측면이다. 이 동물적 측면 역시 인간 운명의 일부다. 그러니 내게도 육체를 달라." 좀 더 뒤에는 이런 대목도 나온다. "아! 내 젊은 시절, 단 육 개월이라도 인간이 되기 위해서라면 어떤 대가라도 치렀을 것이다. 내게 부족한 것은 육체이고, 존재의 물리적 조건이다." 그런데 다른 책에서 그는 수 세기에 걸쳐 부조리한 인간을 제외한 수많은 이의 마음을 움직인 위대하고 희망찬 외침의 주인공이 되고 있다. "그러나 기독교인에게 죽음은 모든 것의 끝이 아니다. 오히려 건강하고 활력 넘치는 삶이 우리에게 허락하는 것보다 죽음에 더 많은 희망이 담겨 있다." 스캔들을 통한 화해 역시 여전히 화해다. 어쩌면 이런 화해는 죽음으로부터 그 정반대인 희망을 이끌어낼 수도 있다. 그러나 이런 태도에 공감할지라도 너무 지나치면 아무것도 정당화하지 못한다는 말은 꼭 해야겠다. 이것은 인간의 척도를 초월하는 것이고, 그러므로 초인적이라고 사람들은 말한다. 그러나 이 '그러므로'라는 말은 너무 지나치다. 여기에는 논리적 확실성이 없다. 실험적 개연성 또한 없다. 내가 말할 수 있는 전부는 실제로 그것이 나의 기준을 초월한다는 사실뿐이다. 이 사실로부터 부정적인 결론을 이끌어 내지 않더라도 적어도 이해할 수 없는 것의 바탕 위에 아무것도 쌓아 올리고 싶지는 않다. 내가 아는 것으로, 오로지 그것만으로도 살아갈 수 있는지 알고 싶다. 사람들은 이쯤에서 내게 지성은 스스로 오만함을 버려야 하고, 이성은 무릎을 꿇어야 한다고 말한다. 그러나 내가 이성의 한계를 인식한다고 하더라도 이성을 부정하는 것은 아니다. 이성의 상대적 힘을 인정하기 때문이다. 단지 이성이 명철함을 유지할 수 있는 이 중간 지점에 머물고 싶을 뿐이다. 바로 이런 점이 지성의 오만함이라고 해도 지성을 포기할 만한 충분한 이유는 되지 못한다고 본다. 예를 들어, 절망은 있는 그대로의 사실이 아니라 하나의 상태, 즉 죄의 상태라는 키르케고르의 견해보다 더 심오한 주장은 없다. 죄는 우리를 신과 멀어지게 만드는 것이기 때문이다. 의식적인 인간의 형이상학적인 상태인 부조리는 우리를 신에게 인도하지 않는다.* 만약 내가 부조리란 신이 없는 상태에서의 죄라는 충격적인 진술을 무릅쓴다면 이 개념이 더 명확해질 것이다.

문제는 이 부조리의 상태, 그 안에서 살아가는 것이다. 나는 부조리의 토대가 무엇인지 알고 있다. 이 정신과 이 세상은 서로 기대어 버티고 서 있지만 서로를 포옹하지는 못하고 있다. 나는 이런 상태에서의 삶이 가진 규칙에 관해 물어본다. 그런데 사람들은 나에게 이 토대를 무시하고 고통스러운 대립 항들 중 하나를 부정하며 나에게 물러날 것을 요구한다. 나는 나의 조건이라고 인정하는 조건에 어떤 결과가 따르는지 묻는다. 그 조건이 모호함과 무지를 전제로 한다는 것은 알고 있다. 그런데 사람들은 이 무지가 모든 것을 설명하고 이 암흑이 나의 빛이 될 것이라고

* 나는 '신을 배제한다'고 말하지는 않았다. 그렇게 말해도 여전히 신을 내세우는 셈이 되기 때문이다.

장담한다. 그러나 이들은 내 질문에 대한 답을 주지는 않는다. 열정적인 서정시의 은유로서도 이 역설을 감출 수는 없다. 그러므로 나는 돌아서야만 한다. 키르케고르는 우리에게 경고 조로 이렇게 외친다. “인간에게 영원한 의식이 없다면, 모든 것의 밑바닥에 위대하거나 사소한 그 모든 것을 어두운 정열의 폭풍 속에서 만들어내며 거칠게 소용돌이치는 힘밖에 없다면, 그 무엇으로도 채울 수 없는 끝도 없는 공허함이 만물의 밑바닥에 깔려 있다면, 삶이란 절망이 아니고 도대체 무엇이겠는가?” 이 외침으로는 부조리한 인간의 걸음을 멈출 수 없을 것이다. 무엇이 진실인가를 찾는 것은 무엇이 바람직한가를 찾는 것과는 다르다. “삶이란 도대체 무엇인가?”라는 불안한 질문을 피하고자 당나귀처럼 환상 속 장미를 뜯어 먹고 살아야 한다면, 부조리의 정신은 거짓에 몸을 맡기기보다 키르케고르의 대답인 ‘절망’을 대담하게 받아들일 것이다. 결국 단호한 정신은 언제나 이런 상황에 적절히 대처할 것이다.

*

나는 여기서 감히 이러한 실존적 태도를 철학적 자살이라 부르고자 한다. 그러나 나의 말은 어떤 판단을 전제로 삼고 있지는 않다. 판단이란 사상이 그 자체를 부정하고 자기 부정 속에서 자신을 초월하려는 경향을 나타내는 편리한 방법일 뿐이다. 실존적인 사람들에게 부정은 그들의 신이나 다름없다. 정확히 말하면,

이 신은 인간의 이성을 부정하는 것으로만 유지된다.* 하지만 자살과 마찬가지로, 신도 사람에 따라 변한다. 그 본질은 비약이지만, 비약하는 방법에는 여러 가지가 있다. 구원으로서의 부정, 아직 뛰어넘지도 못한 장애물을 부정하는 이 최후의 모순(이 추론을 통해 지향하려는 것이 바로 역설이다)은 종교적 영감에서도 솟아날 수 있고, 이성적 차원에서 태어날 수도 있다. 이런 부정에서는 항상 영원을 부르짖으며, 오직 영원을 통해서만 비약한다.

다시 한번 강조하건대, 이 글에서 전개되는 추론은 우리의 계몽된 시대에 가장 널리 퍼져 있는 정신적인 태도, 즉 모든 것이 이성이라는 원칙을 기반으로 세상을 설명하고자 하는 태도를 완전히 배제한다. 개념이 명확해야 한다는 사실을 받아들인 후 세상에 명확한 관점을 부여하게 되는 것은 당연하다. 심지어 정당하기까지 하다. 하지만 여기서 우리가 추구하고 있는 추론과는 관련이 없다. 사실 우리의 목표는 세상에 의미가 없다는 철학에서 출발하여 세상 속에서 의미와 깊이를 찾아내는 것으로 끝나는 정신의 발전 단계를 밝히는 데 있다. 이러한 단계 중 가장 비장한 단계는 그 본질이 종교적이다. 비합리가 주제라는 점에서 이 사실은 명확하게 드러난다. 그러나 가장 역설적이고 의미심장한 문제는 원래 주도적 원칙이 없다고 상상하던 세계에 논리적 이성을 부여하는 방식이다. 어떤 경우에도 향수라는 인간 정신

* 다시 한번 주장하겠다. 여기서 문제시하는 점은 신의 존재를 긍정한다는 자체가 아니라 긍정으로 이끄는 논리다.

이 새롭게 무엇을 성취했는지 알지 못한다면 흥미로운 결론에 도달할 수 없을 것이다.

나는 후설과 현상학자들이 유행시킨 '지향intention'이라는 주제만 살펴볼 것이다. 이미 앞에서 이 부분에 대해 암시한 바 있다. 원래 후설의 방법은 이성의 고전적인 추론 방식을 부인한다. 반복해서 말하겠다. 생각한다는 것은 통일하는 것이 아니며, 겉으로 드러난 것을 위대한 원칙의 이름으로 친숙하게 만드는 것이 아니다. 보는 방법을 다시 배우고, 자신의 의식을 주도하는 것이며, 하나하나의 이미지를 특권적인 장소로 만드는 것이다. 다시 말해, 현상학은 세계를 설명하기를 거부하고, 실제로 경험한 것을 있는 그대로 묘사하는 데 그치려 한다. 세상에 하나의 진리는 없고 다수의 진리만이 있을 뿐이라는 현상학 초기의 주장은 부조리의 사상과 일치한다. 저녁 산들바람부터 내 어깨에 닿는 이 손까지, 모든 것에 저마다의 진리가 있다. 오직 의식만이 이 진리에 주의를 기울임으로써 그것을 밝게 비춘다. 의식은 대상에 형태를 부여하지 않는다. 오로지 대상을 주시할 뿐이다. 주의를 기울이는 행위이며, 베르그송의 비유를 빌리자면 어떤 영상 위로 단숨에 고정되는 영사기와 비슷하다. 영사기와의 차이점이 있다면 시나리오가 없고, 일관성 없는 삽화만 연속적으로 이어진다는 것이다. 이 마술과도 같은 전등 속에서는 이미지 하나하나가 특권을 누린다. 의식은 관심을 기울이는 대상을 경험 속에 고정한다. 기적과도 같은 방식으로 대상을 고립시킨다. 그러므로 대상은 그 어떤 판단도 초월한다. 이것이 바로 의식의 특징인 '지향'이다. 그러나 이 단어는 목적성에 관련된 어떤 개념도 내포하지 않는다. '방향'의 의미로만 사용되며. 지형학적인 뜻밖에 없다.

언뜻 보기에 이 방식은 부조리 정신에 어긋나는 점이 하나도 없어 보인다. 대상을 설명하기를 거부하고 오직 묘사하는 데 그치는 자신을 제한하는 현상학적 사유의 뚜렷한 겸손함, 역설적으로 경험을 깊고 풍요롭게 하고 세계를 장황함 속에 되살아나게 하는 단호한 규율, 이런 것들이 부조리의 방식이다. 적어도 얼핏 보기에는 그렇다. 이 경우에도 다른 경우와 마찬가지로 사고방식에는 항상 두 가지 측면, 즉 심리적 측면과 형이상학적 측면이 있다고 가정한다.* 따라서 이 방법론들은 두 가지 진리를 품는다. 지향성이라는 주제에서는 현실이란 설명되는 것이 아니라 소모되는 것이라는 심리학적 태도를 보여줄 뿐이라고 가정한다. 그렇다면 지향성의 주제는 부조리의 정신과 다를 바가 없다. 지향성의 주제에서는 초월할 수 없는 것을 열거하고자 한다. 통일의 원리가 전혀 없는 가운데 사고를 통해 경험의 모든 측면을 묘사하고 이해하는 데에서 여전히 기쁨을 누린다고 주장할 뿐이다. 이때 각각의 측면에 주제가 되는 진리는 본질적으로 심리적 차원에 속한다. 이 진리는 단지 현실에서 제공할 수 있는 '흥미'를 입증할 뿐이다. 그것은 잠들어 있던 세계를 깨워 정신에 생생하게

* 가장 완고한 인식론도 형이상학을 전제로 삼는다. 그 시대 수많은 사상가의 형이상학은 오직 인식론만으로 이루어져 있다고 할 수 있을 정도다.

새겨넣는 방법이다. 그러나 진리라는 개념을 확장하고 합리적 근거를 제시하려 한다면, 그리하여 각 인식 대상의 '본질'을 발견하겠다고 주장한다면, 경험에 깊이를 회복할 수 있다. 부조리한 정신으로서는 이해할 수 없는 일이다. 그런데 지향적인 태도에서 눈에 띄는 것은 겸손과 확신 사이에서의 흔들림이며, 현상학적 사고의 이 유동적 번쩍임은 다른 무엇보다 부조리한 추론을 환히 밝혀줄 것이다.

후설 역시 지향에서 드러나는 '초시간적 본질'에 대해 말하는데, 마치 플라톤과 같은 말투로 이야기한다. 모든 사물은 한 가지의 사물이 아니라 모든 사물을 통해 설명된다. 나는 그 두 가지에 아무런 차이가 없다고 본다. 분명 모든 설명의 끝에서 의식이 '실행하게 되는' 관념이나 본질은 아직 완벽한 모델로 고려되지 않는다. 그러나 그들은 관념 혹은 본질이 지각의 여건 속에 직접적으로 현존한다고 주장한다. 이제 모든 것을 설명하는 단 하나의 관념은 존재하지 않는다. 무한한 수의 대상에 의미를 부여하는 무한한 수의 본질이 존재할 뿐이다. 세상은 멈추지만 동시에 조명을 받는다. 플라톤의 실재론은 직관적인 것이 되지만 그래도 여전히 실재론이다. 키르케고르는 자기의 신에게 푹 빠졌다. 파르메니데스는 사고를 유일자에 밀어 넣었다. 그러나 여기서 사고는 그 자체로 추상적인 다신교에 몸을 던진다. 아니, 이게 전부가 아니다. 환각과 허구까지 '초시간적 본질'의 일부가 된다. 이 새로운 관념의 세계에서 반인반마半人半魔의 범주가 지하철이라는 좀 더 평범한 범주와 협력한다.

세상의 모든 측면이 특권적이라는 순전히 심리학적인 이 견해에서 부조리한 인간은 진리와 씁쓸함을 동시에 발견한다. 모든 것이 특권이라는 말은 모든 것에 동등한 가치가 있다는 말이다. 그러나 이와 같은 진리의 형이상학적인 측면은 후설에게는 너무 광범위해서 그는 원초적인 반응을 통해 자신이 플라톤과 더 가까울지 모른다고 느낀다. 실제로 그는 모든 이미지가 동등하게 하나의 특권적인 본질을 전제로 삼는다는 것을 배웠다. 위계질서가 없는 이 관념의 정규군은 오직 장군들으로만 편성된다. 분명 초월성은 제거되었다. 그러나 갑작스러운 사고의 전환으로 세계 속에 일종의 단편적인 내재성이 다시 도입되고, 그로 인해 우주는 그 깊이를 다시 회복한다.

정작 창조자들은 훨씬 조심스럽게 다룬 주제를 내가 지나치게 밀어붙인 것은 아닌가 하고 걱정해야 할까? 나는 그저 후설의 다음과 같은 주장을 읽었을 뿐이다. 이 주장은 표면상 역설적으로 보이지만, 앞의 내용을 받아들인다면 대단히 논리적이다. "진실한 것은 그 자체로 절대적으로 진실하다. 진리는 하나이며, 그것을 인지하는 존재가 인간, 괴물, 천사 또는 신 그 어떤 것이든 그 자체와 동일하다." 이 말로 이성은 우렁차게 승리의 나팔을 불게 되었다. 나는 이를 부인할 수 없다. 부조리한 세상에서 그의 주장은 무엇을 의미할 수 있을까? 천사가 인지하든 신이 인지하든 내게는 아무 의미가 없다. 신성한 이성을 통해 내 이성을 승인하게 되는 그 기하학적 장소를 나는 항상 이해할 수 없다. 여기에서도 나는 또 하나의 비약을 발견한다. 비약은 추상적으로 이루어진다 해도, 내게 이 비약은 잊고 싶지 않은 것을 잊는다는 것을 의미한다. 나중에 후설은 이렇게 외친다. "인력의 법칙에 종속되는 물체가 모조리 사라져도 인력의 법칙은 파괴되지 않고, 적용될 수 없는 상태로 남을 것이다." 이 외침에서 나는 위안의 형이상학을 만난다. 그리고 생각이 자명함의 길에서 벗어나는 지점을 찾아내려 한다면 후설이 정신에 관해 제시해 보이는 유사한 추론을 다시 읽기만 하면 된다. "만약 우리가 정신적 과정의 정확한 법칙을 명확하게 주시할 수 있다면, 그 법칙은 이론적 자연과학의 기본 법칙처럼 영원하고 불변한 것으로 나타날 것이다. 따라서 이 법칙에 정신적 과정이 전혀 없더라도 법칙은 여전히 유효할 것이다." 정신은 존재하지 않더라도, 그 법칙은 계속 존재할 것이다. 여기서 나는 후설이 하나의 심리학적 진리를 합리적 규칙으로 만들려 한다는 것을 알 수 있다. 그는 인간 이성의 통합적 힘을 부정하고, 이 편법을 통해 영원한 이성으로 비약한다.

그렇다면 후설의 '구체적 우주'라는 주제도 놀라운 것이 없다. 모든 본질이 다 형식적인 것은 아니고 물질적인 것도 있다고 하거나, 전자는 논리의 대상이고 후자는 과학의 대상이라고 말하는 것은 단지 정의의 문제일 뿐이다. 추상이라는 것은 구체적인 보편 그 자체로, 불확실한 일부만을 가리키는 것에 불과하다고 강조하는 사람도 있다. 이처럼 의견이 분분한 덕분에 나는 추상과 보편이라는 용어가 빚어내는 혼란을 밝힐 수 있게 되었다. 내 관심의 구체적인 대상, 즉 이 하늘, 이 외투가 반사되는 물만이 내 관심사로 인해 세상에서 고립시킨 실재의 위상을 보존한다는 의미일 수 있기 때문이다. 그리고 나는 이런 점을 부인하지 않을 것이다. 그러나 이 말은 곧 이 외투 자체가 보편적인 것으로 고유하고 충분한 본질이 있으며, 형태들의 세계에 속한다는 의미일 수도 있다. 결국 나는 행렬의 순서만 바뀌었을 뿐임을 깨닫는다. 이 세상은 더 높은 우주에 반영되지 않지만, 형태들의 하늘은 이 땅의 수많은 이미지에서 모습을 드러낸다. 그러므로 내게 변하는 것은 하나도 없다. 나는 여기서 구체적인 것, 즉 인간 조건의 의미를 발견하기보다는 구체적인 것 자체를 보편화할 만큼 제멋대로인 주지주의를 발견한다.

*

굴욕적인 이성과 승리한 이성이라는 정반대의 길 앞에서 사유가 자기 자신을 부정하게 만드는 명백한 역설에 놀랄 필요는 없다. 후설의 추상적인 신과 키르케고르의 섬광처럼 번쩍이는 신까지의 거리는 그리 멀지 않다. 이성도, 비합리도 같은 설교로 이어진다. 사실 어느 길로 가느냐는 별로 중요하지 않다. 도달하려는 의지만으로 충분하기 때문이다. 추상적인 철학자와 종교적인 철학자는 똑같은 혼란에서 출발하여 똑같은 불안 속에 서로를 지탱한다. 그러나 핵심은 설명하는 것이다. 여기서는 향수가 인식보다 강하다. 이 시대의 사상이 세계의 무의미성에 대한 철학에 깊이 스며든 철학 중 하나이자 그 결론에서 가장 동떨어진 철학 중 하나라는 사실은 매우 의미심장하다. 이 사상은 현실을 유형

별 이성으로 나누는 경향이 있는 현실의 극단적 합리화와, 현실을 신격화하는 경향이 있는 극단적 비합리화 사이에서 끊임없이 진동한다. 하지만 이와 같은 분열은 표면적인 것에 불과하다. 둘을 화해하게 하는 것이 중요한데, 두 경우 모두 비약을 하면 충분히 화해가 가능하다. 흔히 이성이라는 개념은 일방통행이라고 생각하지만, 이는 잘못된 생각이다. 사실 이 개념은 아무리 엄격해지기를 바랄지언정 다른 개념과 마찬가지로 유동적이다. 이성은 지극히 인간적인 측면이 있지만, 신성을 향해 나아갈 줄도 안다. 이성을 영원의 기류와 처음으로 화해시킨 플로티누스 이후, 이성은 그 가장 소중한 원리인 모순을 저버리고, 가장 이상한 원칙, 참여라는 지극히 마술적인 원칙을 통합하는 법을 배웠다.* 이성은 사유의 도구이지 사유 자체가 아니다. 한 인간의 사유는 무엇보다 그의 향수이다.

플로티누스의 우수憂愁를 달랠 수 있었던 것처럼, 이성은 영원이라는 친숙한 장치 속에서 현대의 고뇌를 진정시킬 수 있는 수단을 제공한다. 부조리한 정신은 이 정도로 운이 좋지 못했다. 부조리한 정신 앞에 세상은 그렇게 합리적이지도, 비합리적이지도 않기 때문이다. 세상은 그저 비이성적일 뿐이다. 후설에게 이성

* A. 당시 이성은 스스로 적응하거나 사라져야 했다. 그래서 스스로 적응한다. 플로티누스와 더불어, 논리적인 이성은 미적으로 변한다. 은유법이 삼단논법을 대신한다. B. 더구나 플로티누스가 현상학에 공헌한 것은 이 점만이 아니다. 이런 태도 전체가 알렉산드리아 시대 사상가에게 무척 소중한 개념, 즉 인간의 관념뿐 아니라 소크라테스의 관념까지 있다는 개념에 이미 포함되어 있다.

은 결국 아무 한계가 없는 지점에 이른다. 반대로 부조리는 그의 한계를 분명히 정한다. 이성으로는 부조리의 고뇌를 진정시키기에 부족하기 때문이다. 한편 키르케고르는 단 하나의 한계로도 이성을 부정할 만하다고 단언한다. 그러나 부조리는 그렇게까지 멀리 가지 않는다. 부조리에 있어 그 한계는 오로지 이성의 야심만을 목적으로 삼기 때문이다. 실존적인 사람들이 생각하는 비합리의 주제는 혼란스러워진 이성, 스스로 부정함으로써 자유로워지는 이성이다. 부조리는 자신의 한계를 확인하는 명철한 이성이다.

이 고된 길의 끝에서야 부조리한 인간은 자신의 진정한 동기를 깨닫게 된다. 마음 깊은 곳에서 솟아오르는 요구와 자기에게 제공되는 것을 비교하면서, 그는 갑자기 자신이 방향을 바꿀 것이라고 느낀다. 후설의 우주에서는 세계가 명확해져 인간이 마음속에 품고 있는 친숙함에 대한 욕구가 쓸모 없어진다. 키르케고르의 묵시록에서 명확함에 대한 욕구는 그 욕구를 포기해야만 충족될 수 있다. 아는 것이 죄가 아니라(만약 그렇다면 모두가 무죄일 것이다) 알고 싶어 하는 것이 죄다. 이것이야말로 부조리한 인간이 자신의 유죄와 무죄를 모두 이루는 것이라고 느낄 수 있는 유일한 죄다. 그는 하나의 해결책을 제공받는데, 이 해결책에서는 지나간 모든 모순이 그저 하나의 논쟁적 게임에 지나지 않는다. 그러나 부조리한 인간은 모순을 이런 식으로 경험하지 않는다. 결코 만족스럽게 해결될 수 없다는 점이 모순 특유의 진실이며, 이 진실은 계속 유지되어야 한다. 부조리한 인간은 설교를 원하지 않는다.

내 추론은 추론을 불러일으킨 자명함 자체에 충실하기를 원한다. 그 자명함이 곧 부조리다. 열망하는 정신과 열망을 저버리는 세계 사이의 분리, 통일에 대한 나의 향수와 여기저기 흩어져 있는 세계, 그리고 이 둘을 서로 묶는 모순이 바로 부조리다. 키르케고르는 나의 향수를 없애는 반면, 후설은 이 우주를 하나로 모은다. 내가 기대했던 것은 이런 것이 아니었다. 중요한 것은 이 분열과 함께 살아가고 사고하는 것, 받아들여야 하는지 거부해야 하는지를 알아내는 것이었다. 자명한 것을 은폐하거나 부조리라는 방정식의 한 항을 부정함으로써 부조리 자체를 없애버릴 수는 없다. 부조리와 함께 살 수 있는지, 아니면 부조리 때문에 죽는 것이 과연 논리적인지 알아야 한다. 나는 철학적 자살이 아니라 자살 그 자체에 관심이 있다. 자살에서 감정적인 내용을 제거하고 그 논리와 정직함을 알고 싶을 따름이다. 그 외의 다른 어떤 입장도 부조리한 정신에는 속임수이며, 정신이 자명하게 밝혀낸 것 앞에서 물러나는 것에 불과하다. 후설은 '이미 익숙하고 편안한 생존 조건에서 살고 생각하는 집요한 습관'에서 벗어나려는 욕구에 순응하라고 말한다. 하지만 그의 마지막 비약은 그에게서 영원과 그 위안을 일깨운다. 이 비약은 키르케고르가 바라는 것처럼 극단적인 위험의 모습을 보여주지는 않는다. 오히려 진정한 위험은 비약하기 전의 미묘한 순간에 있다. 그 현기증 나는 모서리에서 균형을 잃지 않고 버틸 수 있는 것, 그것이 바로 정직함이며 나머지는 속임수일 뿐이다. 나는 무력감이 한 번도 키르케고르의 작품처럼 놀라운 조화에 영감을 준 적이 없다는 것도 알고 있다. 그러나 무력감이 역사의 무관심한 풍경에서 한자리를 차지한다 해도, 이제 무엇을 요청하는지가 알려진 추론 속에 그 자리는 없을 것이다.

부조리한 자유

이제 중요한 주제에 대해서는 전부 이야기했다. 내게는 몇 가지 분명한 사실이 있으며, 나는 이 사실로부터 분리될 수 없다. 내가 알고 있는 것, 확실한 것, 부정할 수 없는 것, 거부할 수 없는 것. 바로 이런 것이 중요하다. 막연한 향수에 의존하는 나의 몫을 송두리째 부정할 수는 있어도 통일을 열망하는 마음, 해결하고 싶은 욕구, 명확함과 일관성에의 욕구는 부정할 수 없다. 나를 불쾌하게 하거나 매료시키는 것, 나를 둘러싼 이 세상의 모든 것에 반박할 수 있다. 단, 이 혼돈, 무정부 상태에서 비롯되는 이 절대적인 기회와 신성한 등가성만은 예외다. 나는 이 세상에 그 자체를 초월하는 어떤 의미가 있는지 알지 못한다. 그러나 내가 그 의미를 이해하지 못하며 지금의 나로서는 그것을 인식하기 불가능하다는 것은 알고 있다. 내 조건에서 벗어나는 의미가 있다고 해도 그것이 내게 어떤 의미가 될 수 있겠는가? 나는 오직 인간의 용어를 통해서만 이해할 수 있을 뿐이다. 내가 만질 수 있는 것, 내게 저항하는 것, 나는 이런 것만을 이해한다. 그리고 확실한 이 두 가지, 즉 절대와 통일에 대한 나의 욕망과 합리적이고 이성적인 원리로 축소할 수 없는 이 세계, 내가 이 둘을 화해시킬 수 없다는 것 또한 알고 있다. 거짓말을 하지 않는다면, 내 조건의 한계 안에서 아무 의미도 없는 희망을 끌어들이지 않는다면 도대체 내가 달리 또 어떤 진실을 인정할 수 있겠는가?

내가 나무 중의 나무 한 그루, 여러 동물 중 한 마리 고양이라면 이 삶에 의미가 있을 것이다. 아니, 이런 문제 자체가 발생하지 않을 것이다. 내가 이 세상에 속해야 하기 때문이다. 지금 나의 모든 의식과 친숙함에 대한 요구를 걸고 맞서는 이 세상 자체가 내가 되어야 한다. 이렇게 하찮은 이성이 나를 모든 피조물에 맞서게 만든다. 펜으로 확 그어버린다고 이성을 부정할 수는 없다. 그러므로 나는 내가 진실이라고 믿는 것을 지켜야 한다. 내게 너무나 명백해 보이는 것은 심지어 나에게 적대적인 것일지라도 지지해야 한다. 세상과 내 정신 사이의 갈등과 단절의 근원은 내가 이런 사실을 의식하는 데서 생기지 않겠는가? 그러므로 내가 그것을 보존하고 싶다면 끊임없이 되살아나고 끊임없이 깨어 있는 영원한 의식을 통해서만 가능하다. 이것이 지금 내가 염두에 두어야 할 점이다. 그렇게 되면 너무나 명백하지만 정복하기 어려운 부조리가 한 인간의 삶으로 되돌아와 그곳에서 자기 고향을 되찾는다. 또한, 이 순간 정신은 명철한 정신의 노력이라는 건조하고 메마른 길에서 벗어날 수 있다. 그 길은 이제 일상에서 모습을 드러낸다. 그 길은 이름 없는 '군중'의 세계를 마주하지만, 그때부터 인간은 자신의 반성과 통찰력을 간직한 채 그 세계로 들어선다. 그는 무언가를 희망하는 법을 잊었다. 이 지옥 같은 현재가 마침내 그의 왕국이 된다. 모든 문제가 다시 날카로운 날을 세운다. 추상적인 자명함은 형태와 색채를 갖춘 서정성 앞에서 뒤로 물러난다. 정신적인 갈등이 구체적으로 드러나 인간의 마음이라는 비참하고 장엄한 피난처로 되돌아간다. 그 어떤 문제도 해결되지 않는다. 그러나 모든 문제가 변형된다. 죽을 것인가? 아니면 비약을 통해 벗어날 것인가? 아니면 자기에게 맞는 관념과 형상의 집을 지을 것인가? 그것도 아니면 반대로 부조리라는 비장하고도 경이로운 내기를 계속 이어갈 것인가? 이 점에 관해 마지막으로 한 번 더 노력을 기울여 가능한 결론을 전부 끌어내보자. 그러면 육체와 애정, 창조와 행동, 인간적 고귀함이 이 비정상적인 세상에서 제자리를 찾게 될 것이다. 마침내 인간은 그곳에서 부조리라는 술과 무관심이라는 빵을 되찾고, 이를 자양분 삼아 자신의 위대함을 키워갈 것이다.

이제 다시 방법론을 강조해보겠다. 방법론은 끈기 있게 버티는 것의 문제다. 제 갈 길을 가던 부조리한 인간은 어느 특정 지점에서 유혹을 받는다. 역사는 온갖 종교나 예언자로 넘쳐난다. 심지어 신이 없는 종교와 예언자도 있다. 부조리한 인간은 비약하라는 요청을 받는다. 그가 대답할 수 있는 전부라고는 제대로 이해하지 못했고, 분명치 않다는 말뿐이다. 실제로 그는 자신이 완전히 이해하는 것만 행하고 싶어 한다. 사람들은 그에게 이것이 교만의 죄라고 하지만, 그는 죄의 개념을 이해하지 못한다. 최후에는 지옥이 기다리고 있다는 말을 들으면서도 그는 그 기이한 미래를 그려낼 만큼 상상력이 충분치 않다. 그러다가 불멸의 삶을 잃는다는 말까지 들어도, 불멸의 삶이란 그에게는 시시한 소리로 들릴 뿐이다. 사람들은 그가 자신의 유죄를 인정하기를 바랄지 모른다. 하지만 그는 자신이 무죄라고 느낀다. 사실 그가 느끼는 것은 오직, 이 돌이킬 수 없는 무죄라는 사실 뿐이다. 이 사실이 그에게 전부를 허용하게 한다. 따라서 그가 자기에게 요구하는 것은 오로지 자신이 아는 것만으로 살아가고, 있는 그대로에 만족하고, 확실하지 않은 것은 아무것도 개입시키지 않는 것이다. 사람들은 그에게 확실한 것은 아무것도 없다고 말한다. 그러나 적어도 이것 하나는 확실하다. 부조리한 인간은 이 확실성에만 관심이 있다. 즉, 그는 구원에 호소하지 않는 채로 살아가는 것이 가능한지 알고 싶다.

*

이제 나는 자살의 개념에 접근할 수 있다. 부조리한 인간에게 어떤 해결책이 마련될 것인지는 앞에서 이미 다루었다. 이 지점에서 문제는 역전된다. 지금까지는 과연 인생이 살아갈 만한 의미가 있는지 알아내는 것이 문제였다. 하지만 이제는 반대로 인생이 의미가 없으므로 삶을 더 잘 살아갈 수도 있게 되었다. 어떤 경험, 어떤 운명을 살아낸다는 것은 그것을 온전히 받아들이는 것이다. 이제는 운명이 부조리하다는 것을 알더라도, 의식을 통해 밝혀진 자기 앞의 부조리를 유지하기 위해 최선을 다하지 않는다면 그 운명을 계속 살아갈 수 없을 것이다. 그를 살아가게 하는 대립의 여러 항 중 하나를 부정하는 것은 부조리를 피하려 하는 것이나 다름없다. 의식적인 반항을 없애는 것은 문제 자체를 회피하는 것이다. 따라서 영구적인 혁명이라는 주제가 개인의 경험 속으로 들어온다. 산다는 것은 곧 부조리를 살아 있게 하는 것이다. 부조리를 계속 살아 있게 하는 것은 무엇보다도 부조리를 똑바로 마주하는 것이다. 에우리디케와는 달리, 부조리는 우리가 부조리를 외면하고 돌아서야만 죽는다. 따라서 유일하게 일관성 있는 철학적 입장은 곧 반항이다. 반항은 인간과 그 자신의 어둠 사이의 끊임없는 대면이다. 불가능한 투명성을 요구하는 것이다. 매 순간 이 세상에 새롭게 이의를 제기한다. 위험이 인간에게 의식을 포착하는 특별한 기회를 제공하듯이, 형이상학적 반항은 의식을 경험 전체로 확장한다. 반항은 인간이 자기 자신 앞에 끊임없이 존재하는 것을 말한다. 반항은 동경이 아니다. 희망이 없기 때문이다. 반항은 인간을 짓누르는 운명에 대한 확실성이며, 이에 수반되게 마련인 체념과는 상관이 없다.

바로 여기서 부조리한 경험과 자살이 얼마나 거리가 먼지 알 수 있다. 자살이 반항에 뒤따른다고 생각할 수도 있겠지만, 실제로는 그렇지 않다. 자살은 반항의 논리적 결론이 아니기 때문이다. 자살은 동의를 전제로 하고 있기 때문에 오히려 반항과는 정반대다. 자살은 비약과 마찬가지로 한계점에서 이루어지는 수용이다. 모든 것이 완성되고 나면 인간은 자신의 본질적인 역사로 되돌아간다. 그의 미래, 유일하고 끔찍한 미래를 알아보고 그

속으로 돌진한다. 이런 식으로 자살은 부조리를 해결한다. 부조리를 죽음 속으로 끌고 들어간다. 하지만 나는 부조리가 유지되려면 그 자체가 해소되어서는 안 된다는 사실을 알고 있다. 부조리는 죽음에 대한 의식인 동시에 죽음의 거부라는 점에서 자살을 벗어난다. 사형수가 하는 마지막 생각의 극단에서, 아찔한 추락 일보 직전에도 어쩔 수 없이 바라보게 되는 신발 끈 같은 것이다. 엄밀히 말하면, 자살자의 반대말이 곧 사형수다.

이 반항이 삶에 가치를 부여한다. 한 생애의 전반에 걸쳐 펼쳐지는 반란은 삶의 위엄을 회복시킨다. 편견이 없는 사람의 눈에 자신의 한계를 초월하는 현실에 맞서 싸우는 지성의 풍경보다 더 멋진 풍경은 없을 것이다. 인간의 자부심이 보여주는 풍경은 그 무엇보다 아름답다. 어떤 평가절하로도 깎아내릴 수 없다. 정신 스스로 강요하는 규율, 무에서 유를 창조하는 의지, 그리고 정면 대결에는 독보적인 무언가가 있다. 인간적인 현실 때문에 인간이 더욱 위대해지는데, 이러한 현실을 무력하고 빈곤하게 만드는 것은 인간 자체를 빈약하게 만드는 것과 마찬가지다. 그러니 모든 것을 설명하는 이론이 왜 동시에 나를 나약하게 만드는지도 이해가 된다. 이론은 내 삶의 무게를 덜어주지만, 그럼에도 나는 내 삶의 무게를 혼자 짊어져야 한다. 이 지점에서 회의적인 형이상학과 포기의 윤리가 결합할 수 있다는 것은 도무지 인정할 수 없다.

의식과 반항, 이러한 거부 행위는 포기와 정반대다. 인간의 마음속에 있는 굳건하고 열정적인 모든 것은 이와는 반대로, 그 자체로 거부 행위를 부추긴다. 인간은 죽음 앞에 타협하지 않아야 하며, 자기 의지에 따라 죽어서는 안 된다. 자살은 이 사실을 부인하는 것이다. 부조리한 인간은 모든 것을 끝까지 소모하고 나서 자기 자신까지 전부 다 고갈시킨다. 부조리는 그의 극단적인 긴장, 고독한 노력으로 끊임없이 지탱하는 긴장이다. 왜냐하면 그는 매일의 의식과 반항 속에 자신의 유일한 진리, 즉 도전을 증명하고 있음을 알고 있기 때문이다. 이것이 첫 번째 결론이다.

*

만약 내가 새로운 개념을 발견하고 그 개념과 관련된 모든 결과를 전부 도출하겠다는 입장에 머물러 있다면, 나는 곧 두 번째 역설에 직면하게 된다. 이 방법에 계속 충실하기 위해서라도 형이상학적인 자유의 문제에는 아무런 관심을 보이지 않을 것이다. 인간이 자유로운지 아닌지는 내 관심사가 아니다. 나는 오직 나의 자유만을 경험할 수 있다. 이에 관해서는 보편적인 개념이 아니라 몇 가지 명확한 통찰력만 있을 뿐이다. '자유 그 자체'의 문제에는 아무 의미가 없다. 이 문제는 전혀 다른 방식으로 신의 문제와 연결되어 있기 때문이다. 인간이 자유로운지 아닌지 안다는 것은 그에게 주인이 있는지 없는지를 아는 것이다. 이 문제 특유의 불합리함은 자유의 문제를 가능하게 하는 바로 그 개념이 자유의 모든 의미를 앗아 간다는 데 있다. 신 앞에서는 자유의 문제보다 악의 문제가 더 크기 때문이다. 다음과 같은 양자택

일의 경우를 들어보았을 것이다. 우리에게는 자유가 없다. 따라서 전능한 신이 악에 대한 책임을 진다. 그렇지 않다면, 우리에게 자유가 있는 대신 책임이 있다. 신은 전능하지 않다. 모든 학파의 그 어떤 기교도 이 단호한 역설에 어떤 것을 더하지도, 빼지도 못했다.

그래서 나는 내 개인적 경험의 테두리를 넘어서는 순간부터 나를 비껴가고 의미를 상실하는 어떤 개념을 높이 사거나 단순히 정의하는 행동을 할 수가 없다. 나는 어떤 우월한 존재가 나에게 어떤 종류의 자유를 부여할지 알 수 없다. 나는 위계질서라는 감각을 잃어버렸다. 내가 아는 유일한 자유에 대한 개념이라고는 죄수의 개념이나 국가 내의 근대적 개인의 개념뿐이다. 내가 아는 유일한 자유는 정신과 행동의 자유뿐이다. 부조리가 나의 영원한 자유에 대한 기회를 모조리 소멸시킨다고 하더라도, 오히려 그것은 내 행동의 자유를 내게 돌려주고 강화한다. 희망과 미래가 사라진다는 것은 인간의 행동 가능성이 더 커진다는 것을 의미한다.

부조리에 맞닥뜨리기 전, 일상 속의 인간은 여러 목적, 미래나 정당화(누구에 대한 또는 무엇에 대한 정당화인지는 문제가 되지 않는다)에 대한 관심과 더불어 살아간다. 그는 기회를 저울질하고 '언젠가'에, 자신의 은퇴 혹은 자식들의 노동에 의존한다. 여전히 자신의 인생에서 자기 뜻대로 무언가 할 수 있다고 생각한다. 실제로 그는 마치 자신이 자유로운 것처럼 행동하는데, 주변의 모든 상황이 이 자유에 어긋나는 것처럼 보이는데도 그렇게 한다. 그러나 부조리를 겪고 나면 모든 것이 혼란스러워진다. '내가 존재한다'라는 개념, 모든 것에 의미가 있는 듯이(때로는 자신조차 아무 의미 없다고 말할지언정) 행동하는 나의 태도, 이 모든 것은 언제든 죽을 수 있다는 부조리함으로 인해 아찔한 방식으로 부정된다. 내일을 생각하고, 스스로 목표를 세우고, 이것보다 저것을 선호하곤 하는 이 모든 것은 때때로 자유를 느끼지 못한다는 점이 확실하더라도 자유에 대한 믿음을 전제로 한다. 그러나 나는 지금 이 순간, 저 우월한 자유, 그 자체로 진리의 유일한 토대가 될 수 있는 존재의 자유는 존재하지 않는다는 것을 잘 알고 있다. 죽음만이 유일한 현실로 여기에 존재한다. 죽고 나면 게임은 끝난다. 나는 나 자신을 영속시킬 자유가 없을 뿐 아니라, 그저 노예일 뿐이다. 무엇보다 영원한 혁명의 희망이 없고 경멸에 기댈 수도 없는 한낱 노예만이 남는다. 그런데 혁명도 없고 경멸도 없이 어느 누가 계속 노예로 머무를 수 있겠는가? 영원에 대한 확신마저 없는데 완전한 의미의 자유가 어떻게 존재하겠는가?

그러나 이와 동시에 부조리한 인간은 지금까지 자신이 자유에 대한 이런 전제에 묶인 채 환상에 힘입어 살아왔음을 깨닫는다. 어떤 의미에서 이 사실은 부조리한 인간을 구속하고 있었다. 그는 자기 삶에서 어떤 목표를 설정하면서, 이루어야 할 목표의 요구사항에 자기를 끼워 맞추고 자기 자유의 노예가 되었다. 그렇게 되면 나는 한 가족의 아버지(또는 엔지니어, 민족의 지도자 또는 우체국 말단 직원)가 아닌 다른 역할을 할 수 없게 된다. 목표를 이루고자 노력할 뿐, 다른 행동 방식을 선택하지 못한다.

무의식적으로 그렇게 해야만 한다고 생각한다. 그러나 동시에 나는 주변 사람들의 믿음, 내가 처한 인간적인 환경에 대한 편견(다른 사람들은 자신이 자유롭다는 것을 굳게 확신하는데, 그 쾌활한 분위기는 무척 전염성이 강하다!)으로 내 가정을 유지한다. 윤리적이든 사회적이든 그 어떤 편견에서 아무리 멀리 떨어져 있더라도 인간은 부분적으로나마 영향을 받게 되고, 심지어 그중 가장 좋은 편견(좋은 편견이 있고, 나쁜 편견이 있게 마련이다)의 경우에는 자신의 삶을 그 편견에 맞추기까지 한다. 따라서 부조리한 인간은 자신이 실제로 자유롭지 않다는 것을 깨닫는다. 더욱 명확하게 말하자면, 내가 미래에 대해 희망할수록, 나의 개별적인 진리와 존재 및 창조 방식에 대해 우려할수록, 내 삶에 질서를 부여하고 그로 인해 삶에 의미가 있음을 받아들일수록 나는 스스로 장벽을 만들고 그 안에 내 삶을 가두게 된다. 나를 혐오감으로만 채우고 인간의 자유를 심각하게 받아들이는 일밖에 하지 않는, 수많은 정신과 마음의 관료들처럼 행동하게 되는 것이다. 이제 나는 그 사실을 알겠다.

부조리가 이 지점에서 나를 일깨운다. 내일이란 없다. 이제부터 이것이 바로 나의 본질적인 자유의 이유가 된다. 여기에서 두 가지 비유를 들어보겠다. 우선 신비주의자들은 자신을 내맡기는 데서 자유를 찾는다. 이들은 자신의 신에게 몰입하고 신의 규율을 받아들임으로써 은밀하게 자유로워진다. 자발적으로 동의한 노예생활에서 더 깊은 독립성을 되찾는 것이다. 하지만 이런 자유에 무슨 의미가 있을까? 무엇보다 이들은 자신과 관련해 스스로 자유롭다고 느끼는 것일 뿐, 실제로는 자유롭다기보다는 해방감을 맛보는 것이라고 할 수 있다. 마찬가지로 오직 죽음(여기서 가장 명백한 부조리로 여겨지는)만으로 향하는 부조리한 인간은 자기 안에서 단단히 자리 잡은 열정적인 관심 이외의 모든 것에서 완전히 해방되었다고 느낀다. 그는 일상적인 규칙으로부터의 자유를 누린다. 여기서 실존 철학의 초기 주제가 그 가치를 있는 그대로 유지하고 있음을 알 수 있다. 의식으로 되돌아가기, 일상적인 삶의 권태로부터의 탈출은 부조리한 자유의 첫 단계를 의미한다. 그러나 실존 철학에서 궁극적으로 암시하는 바는 실존주의적 설교이며, 이와 더불어 기본적으로 의식을 비껴가는 정신적 비약을 강조한다. 같은 방식으로 (이것이 나의 두 번째 비유다) 고대의 노예들 역시 자유롭지 않았다. 하지만 그들에게도 자유가 있었는데, 바로 책임을 느끼지 않을 자유였다.* 죽음에도 귀족의 손길과 같은 면이 있어 노예들을 짓밟으면서도 그들을 해방한다. 깊이를 알 수 없는 확실성 속에 자신을 잃는 것, 이제부터 자신의 삶에서 충분히 멀어졌다고 느끼면서 그 삶을 드넓게 바라보는 것, 여기에 해방의 원리가 포함되어 있다. 이 새로운 독립에는 다른 행동의 자유가 다 그렇듯이 명확한 시간제한이 있다. 영원을 담보로 수표를 끊지 않는다. 그러나 이 독립은 자유라는 환상을 대신한다. 그 환상은 죽음 앞에서 모조리 정지한다. 어느 이

* 여기서 나는 굴욕을 옹호하는 것이 아니라 사실을 비유하는 데 관심이 있다. 부조리한 인간은 타협한 인간과는 정반대다.

른 새벽에 열린 감옥 문 앞에서 사형수가 느끼는 형언할 수 없는 자유, 순수한 삶의 불꽃을 제외한 모든 것에 대한 믿기지 않는 무관심. 죽음과 부조리야말로 단 하나의 유일하게 합리적인 자유의 원칙, 즉 인간의 가슴으로 경험하고 살아낼 수 있는 자유의 원리임을 우리는 분명히 느낄 수 있다. 이것이 두 번째 결론이다. 따라서 부조리한 인간은 불처럼 뜨겁고도 얼음처럼 차가운 세상, 투명하면서도 제한적인 세상, 모든 것이 주어졌지만 아무것도 가능하지 않은 세상, 그 밖으로 넘어서면 붕괴와 허무뿐인 세상을 목격하게 된다. 그때서야 그는 그러한 세계를 받아들이고, 그 세계에서 힘과 희망에 대한 거부, 위안이 없는 삶에 대한 고집스러운 증언을 끌어내겠다고 다짐할 수 있다.

*

그런데 이런 세상에서 삶이란 어떤 의미가 있을까? 당장은 미래에 대한 무관심과 주어진 모든 것을 다 써버리겠다는 욕망 외에는 아무것도 없다. 삶에 의미가 있다는 믿음은 항상 어떤 가치 척도와 선택지, 우리의 선호도를 내포한다. 부조리에 대한 믿음은 우리의 정의에 따르면 이와는 정반대를 가르쳐준다. 그리고 이 문제는 살펴볼 만한 가치가 있다.

인간은 과연 구원을 호소하지 않고도 살아갈 수 있는가? 이 문제만이 내가 관심이 있는 전부다. 나는 이 문제에서 벗어나고 싶지 않다. 내게 주어진 삶의 이런 측면에 나는 과연 적응할 수 있을까? 이와 같은 관심사에 직면한 지금, 부조리를 믿는다는 것은 경험의 질을 양으로 바꾸는 것이나 다름없다. 이 삶에 부조리 이외의 다른 모습이 없다고 나 스스로 확신한다면, 이 삶의 균형 전체가 나의 의식적인 반항과 반항으로 몸부림치는 어둠 사이의 끊임없는 대립에 달려 있다고 느낀다면, 나의 자유가 제한된 운명과 관련해서만 의미가 있다고 인정한다면, 중요한 것은 가장 잘 사는 것이 아니라 가장 많이 사는 것이라고 말해야 할 것이다. 이것이 저속하거나 불쾌한 일인지, 우아하거나 비참한 일인지 따지는 것은 내 몫이 아니다. 여기서 가치 판단은 완전히 배제되고 사실 판단만이 남는다. 나는 단지 내가 볼 수 있는 것에서만 결론을 도출할 뿐, 그 어떤 가설도 함부로 내세우면 안 된다. 이런 식으로 사는 것이 정직한 삶이 아니라고 가정한다면, 진정한 정직함은 내게 불명예스러운 삶을 살라고 요구할 것이다.

가장 많이 산다는 것, 넓은 의미에서 이 규칙에는 아무 의미가 없다. 그러므로 가장 많이 사는 것이 무엇인지 정의할 필요가 있다. 우선 양이라는 개념은 충분히 검토되지 못했던 것으로 보인다. 하지만 이 개념은 인간 경험의 많은 부분을 설명할 수 있게 해준다. 인간의 윤리 및 가치 체계는 그가 축적해온 경험의 양과 다양성을 통해서만 의미가 생긴다. 이제 현대적 삶의 조건은 대다수 사람에게 동일한 양의 경험, 결과적으로 동일한 깊이의 경험을 강요한다. 물론 개인의 자발적인 참여, 즉 그 개인에게 '주어져 있는' 요소도 고려해야 한다. 그러나 나는 이 부분을 판단할 수 없으며, 여기서 내 원칙은 즉각적으로 자명하게 보이는 사실에 따라 판단하는 것임을 다시 한번 밝힌다. 따라서 공통 윤리의 고유한 특성은 기본적인 윤리의 관념적 중요성보다는 측정 가능한 경험의 규범에 있다는 것을 알 수 있다. 거칠게 말하자면, 우리에게 하루 여덟 시간의 근무 윤리가 있듯이 그리스인에게는 그들만의 여가에 대한 윤리가 있었다. 그러나 많은 사람, 그것도 가장 비극적인 사람들 때문에 우리는 더욱 긴 시간의 경험으로 가치의 도표가 바뀔 것이라고 예상한다. 이들은 그저 경험의 양을 통해 모든 기록을 갈아치우며(의도적으로 이 스포츠 용어를 사용하고 있다), 따라서 자신의 고유한 윤리를 획득한 일상의 모험가를 상상하게 만든다.* 그러나 낭만주의와는 거리를 두고, 다만 자신의 내기를 받아들이면서 게임의 규칙을 엄격하게 준수하기로 마음을 정한 사람에게 이런 태도가 무엇을 의미하는지 살펴보기로 하자.

모든 기록을 갈아치운다는 것은 무엇보다 가능한 한 자주 세상과 마주하는 것이다. 모순과 말장난 없이 어떻게 이런 일이 가능할까? 부조리는 모든 경험이 다르지 않다고 가르치는 한편, 최대한 많은 양의 경험을 하라고 촉구한다. 그렇다면 어떻게 앞서 내가 언급한 많은 사람처럼 행동하지 않을 수 있고, 인간적인 소재를 가장 많이 가져다주는 삶의 형태를 선택하지 않을 수 있으

* 가끔은 양이 질을 형성한다. 가장 최근 과학 이론을 수정한 발언에 따르면, 모든 물질은 에너지 핵으로 구성되어 있다. 핵의 양이 더 많거나 적음에 따라 에너지의 특성은 더 혹은 덜 눈에 띄게 된다. 10억 개의 이온과 한 개의 이온은 그 양뿐 아니라 질도 다르다. 인간의 경험에서도 쉽게 이와 유사한 측면을 찾을 수 있다.

며, 이로써 포기한다고 주장한 가치 척도를 도입하지 않을 수 있단 말인가?

그러나 또다시 부조리와 그 모순적인 삶이 우리를 가르친다. 경험의 양은 전적으로 우리 자신에게 달려 있는데, 우리 삶의 환경에 달려 있다고 생각하는 것은 실수이기 때문이다. 여기서 우리는 지나칠 정도로 단순해져야 한다. 같은 세월을 살아온 두 사람에게 세상은 항상 같은 양의 경험을 제공한다. 이를 의식해야 하는 것은 우리 자신이다. 자신의 삶, 자신의 반항, 자신의 자유를 최대한으로 느끼는 것이야말로 최대한 살아 있는 것이다. 명철한 의식이 지배하는 곳에서 가치 체계는 아무런 쓸모가 없어진다. 좀 더 단순하게 생각해보자. 좋은 결과를 이루는 데 유일한 장애물, 유일한 손해는 너무 이른 죽음으로 이루어진다고 가정해보자. 따라서 그 어떤 깊이도, 어떤 감동도, 그 어떤 열정도, 어떤 희생도 부조리한 인간의 눈에(비록 그가 원할지언정) 40년 동안의 의식적인 삶과 60년에 걸친 명철함을 동등한 것으로 보이게 만들 수는 없다.* 광기와 죽음은 부조리한 인간에게는 돌이킬 수 없는 부분이다. 인간이 선택하는 것이 아니다. 그러므로 부조리와 부조리에 포함된 여분의 삶은 인간의 의지에 달린 문제가

* 영원한 허무라는 개념처럼 다른 관념에 대해서도 같은 식으로 반추할 수 있다. 허무의 개념은 현실에서의 그 무엇에도 무엇을 더하거나 빼지 않는다. 심리학적인 허무의 경험에서는 2천 년 후에 일어나게 될 일을 고려해야 우리 자신의 허무가 진정으로 의미를 띄게 된다. 이 중 한 측면에서 보면 영원한 허무는 우리 것이 아니게 될 삶의 총합으로 이루어진다.

아니라 그 반대인 죽음에 달려 있다.* 신중하게 말을 골라서 해보더라도, 이는 전적으로 운의 문제다. 이에 동의할 수 있어야 한다. 그 무엇도 20년간의 삶과 경험을 대신하지는 못한다.

그러나 그토록 깨어 있는 민족이건만 이상하리만치 앞뒤가 안 맞도록 그리스인들은 젊어서 죽은 사람들이야말로 신들의 사랑을 받았다고 주장했다. 그런데 이 주장은 보잘것없는 신들의 세계에 들어가는 것이 곧 살아서 느낀다는 기쁨, 지상에서 살아 느낀다는 가장 순수한 기쁨을 영원히 잃는다고 기꺼이 믿는 경우에만 사실이다. 끊임없이 의식의 끈을 놓지 않는 영혼 앞에 놓인 현재와, 연속적으로 이어지는 현재, 이것이 바로 부조리한 인간의 이상이다. 그러나 '이상'이라는 단어에는 오해의 소지가 있다. 그것은 부조리한 인간의 소명이라 할 수 없으며, 추론의 세 번째 결론일 뿐이다. 비인간적인 것을 고통스럽게 인식함으로써 출발한 부조리에 관한 명상은 그 여정의 마지막에서 인간적 반항이라는 열정적인 불꽃의 핵심으로 되돌아온다.**

* 여기서 의지는 유일한 매개다. 의지는 의식을 유지하려 한다. 삶의 규율을 제공하며, 이 점에 주목할 만하다.

** 중요한 것은 일관성이다. 여기서 우리는 세상을 수용하는 데서 출발한다. 하지만 동양 사상에서는 세상에 맞서기를 선택함으로써 이와 같은 논리적 노력에 빠질 수 있다고 한다. 이 역시 정당하며, 이 글에 나름의 전망과 한계를 제공한다. 하지만 세상을 부정하는 자세를 엄격하게 추구할 때(몇몇 베다 철학에서처럼) 예를 들어 작품 속에 나타나는 무심함에 관련해서 이와 유사한 결과를 얻을 수도 있다. 위대하고 중요한 책인 《선택(Le Choix)》에서 장 그르니에(Jean Grenier)는 이런 식으로 참된 '무심함의 철학'을 구축했다.

*

이리하여 나는 부조리에서 세 가지 결과를 이끌어낸다. 그것은 나의 반항, 나의 자유, 나의 열정이다. 오직 의식의 활동을 통해 나는 죽음으로의 초대였던 것을 삶의 규칙으로 바꾸어놓는다. 그래서 나는 자살을 거부한다. 물론, 나는 살아가는 내내 둔탁하게 울리는 소리를 알고 있다. 하지만 한마디 더 해야겠다. 이런 소리는 필요한 것이다. 니체는 이렇게 썼다. "하늘, 그리고 땅에서 가장 중요한 것은 오래 그리고 같은 방향으로 복종하는 일임이 분명해 보인다. 시간이 흐르면 이 땅에서 사는 수고를 감수할 만한 가치가 있는 그 무엇, 즉 미덕과 예술, 음악과 춤, 이성, 정신, 즉 변하게 하는 무언가, 섬세하고 광적인 또는 신성한 무언가가 생겨난다." 그는 이 구절에서 무척이나 위대한 윤리 규범의 법칙을 설명하고 있다. 그러나 또한 부조리한 인간의 길을 강조하기도 한다. 불꽃을 따르는 것은 가장 쉬운 일인 동시에 가장 어려운 일이다. 그러나 인간이 이따금 힘겨운 상황에서 자기 자신을 판단하는 일은 유익하다. 오직 인간만이 그렇게 할 수 있다.

알랭은 말했다. "기도는 밤이 생각 위로 내려올 때 하는 것이다."

신비주의자와 실존주의자들은 이렇게 대꾸한다. "하지만 정신은 밤을 만나야 한다." 물론 그렇다. 하지만 이 밤은 눈을 감은 채 그저 인간의 의지만으로 탄생하는 밤, 즉 정신이 그 속으로 뛰어들기 위해 불러내는 어둡고 꽉 막힌 밤이 아니다. 만약 정신이 밤을 만나야 한다면, 차라리 절망의 밤을 맞게 하라. 이 밤은 정신의 불침번인 명철함을 유지하는 극지의 밤으로, 이곳에서 희고 순결한 밝음이 솟아올라 지성의 빛으로 대상의 윤곽을 하나하나 선명하게 그려낼 것이다. 이 상태에 이르면 등가성은 열정적인 이해와 만나게 된다. 그렇게 되면 실존적 비약을 판단하는 것은 더 이상 문제가 되지 않는다. 이 비약은 수백 년 동안 인간의 태도를 그려온 프레스코화에서 다시 제자리를 찾는다. 그림을 보는 관객의 의식이 또렷하다면 그 사람의 눈에 이 비약은 여전히 부조리해 보일 것이다. 비약으로 역설을 해결했다고 믿는다해도, 비약은 그 역설을 있는 그대로 복원한다. 이런 점에서 비약은 감동적이다. 이런 점에서 모든 것이 제자리를 되찾고, 부조리한 세계는 화려함과 다양성 속에 다시 태어난다.

그러나 가던 길을 멈추는 것은 좋지 않다. 단 하나의 보는 방식에만 만족하고, 모든 정신적인 힘 중에서 가장 미묘한 힘인 모순 없이 살기란 어렵다. 지금까지 설명한 내용은 단지 어떤 사고방식을 정의한 데 불과하다. 이제 관건은 살아가는 것이다.

부조리한 인간

스타브로긴은 믿는다 해도,

자기가 믿는다는 것을 믿지 않는다.

그는 믿지 않는다 해도,

자기가 믿지 않는다는 것을 믿지 않는다.

—《악령The Possessed》

괴테는 "나의 영역은 시간이다"라고 말했다. 참으로 부조리한 발언이다. 실제로 부조리한 인간이란 어떤 인간일까? 영원을 부정하지 않으면서도 영원을 위해 아무것도 하지 않는 사람이다. 그에게 영원에 대한 향수가 낯설지는 않다. 그러나 그는 향수보다는 자신의 용기와 이성을 선호한다. 그리고 첫 번째(용기)는 그에게 구원에 호소하지 않고 자신에게 있는 것에 만족하며 살도록 가르치고, 두 번째(이성)는 그의 한계를 알려준다. 기한이 정해진 자유와 미래가 없는 반항, 그리고 소멸하고야 말 의식을 확신하는 그는 평생 모험을 추구한다. 여기에 그의 영역이자 행동이 있으며, 그는 자신의 판단을 제외한 그 어떤 판단에서도 이 영역과 행동을 배제한다. 그에게 더 위대한 삶은 저세상의 삶을 의미하지 않는다. 그것을 기대한다면 부당한 일일 것이다. 내가 여기서 후세라고 하는 그 보잘것없는 영원성에 대해 말하는 것은 아니다. 롤랑 부인(롤랑 드 라 플라티에르, 프랑스의 여류 작가이자 혁명 지도자이다-역주)은 자신을 후세에 의지했다. 그 성급함이 교훈을 가르쳐주었다. 후세 사람들은 기꺼이 그녀의 사례를 인용하지만, 판단은 하지 않고 잊어버린다. 후세 사람들은 롤랑 부인에게 관심이 없다.

그렇다고 윤리에 관한 이야기를 길게 늘어놓자는 것도 아니다. 나는 도덕에 대해 잘 안다는 사람들이 나쁘게 행동하는 모습을 보아왔고, 정직한 사람들에게는 규칙이 필요 없다는 사실을 매일 깨닫는다. 부조리한 인간이 받아들일 수 있는 도덕률은 단 하나, 신에게서 분리되지 않는 도덕률, 즉 세상에서 지시받는 대로의 도덕률뿐이다. 그러나 그는 그 신 밖에서 살아간다. 다른 것들(도덕주의도 이에 해당한다고 본다)에게서 부조리한 인간은 정당화밖에 보지 못한다. 그리고 그에게는 정당화할 것이 없다. 나는 여기서 그가 무죄라는 원리에서 출발할 것이다.

이 무죄는 두려워할 만한 것이다. "모든 것이 허용된다"고 이반 카라마조프가 외친다. 그의 말에서도 부조리함이 느껴진다. 하지만 그의 말을 저속한 의미로 받아들이지 않는다는 전제하에 그렇다. 사람들이 제대로 파악했는지 의문이지만, 이반의 외침은 해방이나 기쁨에서 우러나오지 않았다. 오히려 하나의 쓰라린 인정에서 비롯되었다. 삶에 의미를 부여해줄 신이 있다는 확신은 나쁜 행동을 하고도 벌을 받지 않는 특권보다 훨씬 더 매력적이다. 그러니 선택을 내리기는 어렵지 않을 것이다. 하지만 선택의 여지가 없다면, 이때부터 괴로움이 찾아온다. 부조리는 우리를 자유롭게 하지 않는다. 오히려 우리를 구속한다. 부조리는 모든 행동을 허용하지도 않는다. "모든 것이 허용된다"는 말은 금지된 것이

하나도 없다는 뜻이 아니다. 부조리는 단지 모든 행동의 결과에 동등한 가치를 부여할 뿐이다. 부조리는 범죄를 권하지는 않는다. 그렇다면 유치한 일이 될 것이다. 다만 부조리는 후회를 애초부터 쓸데없는 것으로 만들어버린다. 이와 마찬가지로 모든 경험에 아무런 차이가 없다면 의무적으로 하는 경험도 다른 경험만큼이나 정당하다. 사람은 기분에 따라 고결한 사람이 될 수도 있다.

모든 도덕 체계는, 어떤 행동은 그 행위를 정당화하거나 무효로 만드는 결과를 가져온다는 생각에 기반을 둔다. 부조리에 물든 정신은 단지 이런 결과를 냉정하게 고려해야 한다고 판단할 뿐이다. 그는 대가를 치를 준비가 되어 있다. 즉, 부조리한 인간은 결과에 책임을 질 사람은 있어도 죄인은 없다고 본다. 기껏해야 과거의 경험을 미래의 행동을 위한 토대로 사용하는 데 동의할 뿐이다. 시간으로 시간을 연장하고, 삶으로 삶에 이바지하는 것이다. 제한적이면서도 가능성으로 가득 찬 이 영역에서, 자신의 명철함을 제외한 내면의 모든 것이 그에게는 예측할 수 없는 것으로 보인다. 그렇다면 이 불합리한 질서에서 과연 어떤 규칙이 나올 수 있을까? 그에게 교훈적으로 보일 수 있는 유일한 진리는 결코 형식적이지 않다. 그 진리는 인간 안에서 살아 숨 쉬며 펼쳐진다. 따라서 부조리한 인간이 추론의 끝에서 만나는 것은 결코 윤리적인 규칙이 아니다. 오히려 인간의 삶에서 구체적으로 드러나는 사례와 그 숨결이다. 다음 몇 가지 이미지가 이러한 유형에 속한다. 이 이미지들은 부조리한 추론을 연장하며, 추론에 구체적인 태도와 그들의 열기를 부여할 것이다.

내가 언급하는 사례가 반드시 따라야 할 모범은 아니며(부조리한 세상에서는 더더욱 그렇지 않다), 따라서 그에 대한 설명도 모범적이지만은 않다는 점을 굳이 밝혀야 할까? 어떤 직업에서는 모범적인 사례가 필요할 수 있겠다. 하지만 이를 제외하고는 그 어떤 상황을 고려해봐도 루소로부터 인간은 네 발로 걸어야 한다는 결론을 이끌어내고 니체로부터 인간은 어머니를 폭행해야 한다는 결론을 도출한다면 그저 우스꽝스럽기만 할 것이다. 현대의 한 작가는 이렇게 썼다. "부조리해져야만 한다. 하지만 쉽게 속아 넘어갈 필요까지는 없다." 앞으로 내가 다룰 태도는 그 반대의 경우까지 염두에 두어야만 전체 의미를 짐작할 수 있다. 우체국의 말단 직원과 정복자는 같은 의식을 갖추고 있다면 서로 다를 바가 없다. 이런 점에서 모든 경험에는 차이가 없다. 인간에게 도움 되는 경험이 있는가 하면, 해를 끼치는 경험이 있을 뿐이다. 인간에게 의식이 있다면 경험이 도움 될 것이다. 그렇지 않으면 경험은 중요하지 않다. 한 사람이 실패할 경우, 상황이 아니라 인간 자신이 판단의 근거가 된다.

나는 오직 자신을 남김없이 소모하는 것을 목표로 하거나 내 눈에 남김없이 자신을 소모하는 것으로 보이는 사람들을 선택했다. 더 이상의 의미는 없다. 당분간은 삶이나 생각에서 미래가 보이지 않는 세상에 관해서만 이야기하고 싶다. 인간을 일하게 하고 흥분하게 하는 모든 것은 희망을 수단으로 삼는다. 그러므로 단 하나 거짓이 아닌 생각은 불모의 생각이다. 부조리한 세상에서 어떤 관념이나 삶의 가치는 그 불모성으로 측정된다.

돈 후안주의

사랑하는 것만으로 충분하다면 상황이 아주 수월해질 것이다. 하지만 더 많이 사랑할수록 부조리는 더 강해진다. 돈 후안이 이 여자 저 여자 옮겨 다니는 것은 사랑이 부족해서가 아니다. 그를 완전한 사랑을 추구하는 신비주의자로 표현하는 것은 어처구니없는 일이다. 그러나 그가 자신의 타고난 능력을 반복하며 심오한 추구를 되풀이하는 까닭은 매번 똑같은 열정으로 자신의 전부를 바쳐 여자들을 사랑하기 때문이다. 여자들은 저마다 아무도 그에게 준 적이 없는 것을 주고 싶어 한다. 하지만 언제나 그들의 계산은 완전히 빗나가 그에게 다시 반복할 필요성만을 느끼게 할 뿐이다. 여자들 중 한 명이 외친다. "마침내 내가 당신에게 사랑을 느끼게 해주었군요." 후안이 이 말을 듣고 웃는다는 게 놀랄 일일까? 그가 대꾸한다. "마침내라고? 아니요. 한 번 더일 뿐이지." 왜 많이 사랑하기 위해서는 드물게 사랑해야만 하는 것일까?

돈 후안이 우울한 성격을 타고났을까? 그럴 리가 없다. 나는 돈 후안을 둘러싼 이야기에 의지하지 않을 것이다. 그 웃음, 상대를 정복하려는 오만함, 그 장난기, 극장을 향한 사랑까지 돈 후안의 성향은 하나같이 밝고 즐겁다. 건강한 사람에게는 한꺼번에 여러 역할을 소화하려는 경향이 있다. 돈 후안도 마찬가지다. 더 나아가 우울한 사람들이 여러 가지를 소화하려는 데에는 두 가지 이유가 있다. 그들은 잘 알지 못하거나 희망을 품는다. 그런데 돈 후안은 알고 있으면서도 희망을 품지 않는다. 그는 자신의 한계를 알고 그 한계를 절대 넘어서지 않으며, 정신적 입지가 뿌리를 내리는 그 찰나적인 공간에서도 거장답게 놀라울 정도의 편안함을 한껏 선보이는 예술가 중 한 명을 떠올리게 한다. 그리고 이것이 바로 자신의 한계를 아는 지성, 즉 천재성이다. 육체적 죽음이라는 경계에 이르러서도 돈 후안은 우울에 무지하다. 우울을 알게 된 순간, 그는 웃음을 터트리며 모든 것을 용서한다. 자신이 바라던 순간이 오자 그는 우울해졌다. 오늘, 그 여자의 입술 위에서 그는 유일한 지혜의 씁쓸하면서도 포근한 맛을 되찾는다. 씁쓸하다고? 그렇지도 않다. 이 정도의 불완전함은 있어야 행복을 실감할 수 있는 법이다!

돈 후안에게서 전도서를 읽으며 자란 남자를 발견하려 하는 것은 매우 잘못된 생각이다. 그에게는 내세에 대한 희망 외에는 아무것도 헛되지 않기 때문이다. 그는 천국 자체를 상대로 도박을 걸어 이를 증명한다. 쾌락 속에서 사라져가는 욕망을 향한 갈망, 무기력한 사람에게 흔한 주제는 그에게 어울리지 않는다. 악마에게 영혼을 팔아넘길 만큼 신을 믿었던 파우스트에게나 어울리는 이야기다. 돈 후안의 경우는 좀 더 간단하다. 스페인의 대표적인 극작가 몰리나의 《바람둥이Burlador》는 그를 지옥에 보낸다는 위협 앞에서 이렇게 대꾸한다. "어찌 이토록 긴 휴식을 주시는지." 죽고 난 후에 생기는 일은 부질없고, 살아가는 방법을 아는 사람에게 인생이란 얼마나 기나긴 길의 연속인가! 파우스트는 지상에서 행복하길 갈망했다. 가련한 그는 그냥 손을 뻗기만 하면 되었다. 자신의 영혼을 기쁘게 할 수 없다면 이미 영혼을 팔아버린 것이나 다름없다. 돈 후안은 이와는 반대로 영혼에 실컷 기쁨을 누리라고 명한다. 그가 한 여자를 떠나는 것은 그녀를 더 이상 원하지 않아서가 절대 아니다. 아름다운 여성은 항상 욕망의 대상이다. 그 이유는 그가 다른 여자를 원하기 때문인데, 이 두 가지 이유가 같다고는 할 수 없다.

지상에서의 삶은 그의 소원을 모조리 만족시킨다. 돈 후안에게 이 삶을 잃는 것보다 더 나쁜 것은 없다. 이 정신 나간 사람은 위대한 현자다. 그러나 희망에 기대어 사는 사람은 친절이 관대함으로, 애정이 남성적인 침묵으로, 일체감이 고독한 용기로 바뀌는 이 세계에 적응하지 못한다. 그래서 모두 말한다. "그는 나약한 사람이거나 이상주의자 또는 성자였다." 모욕감을 주는 위대함이니 깎아내려야 했다.

*

사람들은 돈 후안이 늘어놓는 말과 그가 모든 여자에게 사용하는 똑같은 발언에 충분히 질렸다(아니면 그가 존경하는 것을 깎아 내리며 은근히 미소를 주고받는다). 그러나 기쁨에서 양을 추구하는 사람에게는 효율성만 중요하다. 이미 테스트를 통과했는데 암호를 복잡하게 만들어봐야 무슨 소용이겠는가? 여자든 남자든 그 암호 자체를 귀 기울여 듣는 사람은 아무도 없다, 오히려 암호를 발음하는 목소리에 귀를 기울인다. 암호는 규칙이자 관습이며 예의이다. 암호는 그냥 말일 뿐이고, 중요한 일은 그 이후에 이루어진다. 돈 후안은 이미 준비가 되어 있다. 왜 그가 도덕의 문제를 제기하겠는가? 그는 밀로즈의 마냐라(프랑스 극작가 밀로즈의 연극 〈미겔 마냐라〉를 말하며, 연극의 주인공 돈 미겔 마냐라는 돈 후안의 실제 모델로 알려져 있다-역주)와는 다르다. 마냐라는 성인이 되려는 욕망 때문에 자기 자신을 저주한다. 하지만 돈 후안에게 지옥은 사람들이 일부러 도발하는 대상이다. 그에게는 신의 분노에 대한 단 하나의 대답이 있을 뿐인데, 그것은 바로 인간의 명예다. 그는 기사령 영주에게 이렇게 말한다. "내게는 명예가 있다. 나는 기사이기 때문에 약속을 지킨다." 그를 부도덕한 사람으로 본다면 이는 큰 실수다. 이런 점에서 그는 '남들과 다르지 않다.' 그에게는 스스로 좋아하는 것과 싫어하는 것에 대한 도덕적 기준이 있다. 돈 후안은 평범한 유혹자이자 바람둥이라는 그의 세속적인 상징을 참조해야만 제대로 이해할 수 있다. 그는 평범한 유혹자다.* 그가

* 이 말의 온전한 의미에서, 또 그의 결함에 비춰볼 때 그렇다. 건강한 태도에는 결함이 따르게 마련이다.

이 사실을 의식하고 있다는 점이 다를 뿐이며, 그래서 그는 부조리하다. 의식이 명철해졌다고 해서 그가 유혹자라는 사실이 변하지는 않을 것이다. 유혹하는 것은 그의 삶에서 기본적인 조건이다. 입장이 바뀌거나 더 나아지는 것은 소설에서만 가능하다. 그러나 동시에 아무것도 바뀌지 않았고, 모든 것이 바뀌었다고 말할 수 있다. 돈 후안이 행동으로 실천하는 것은 양의 윤리학인 반면, 반대로 성자는 질을 지향하는 경향을 보인다. 사물의 심오한 의미를 믿지 않는 것은 부조리한 인간에게 적합한 특성이다. 그는 달아오르거나 경이로움에 사로잡힌 얼굴을 눈여겨보고 저장해두며 멈추지 않고 지나간다. 그렇게 시간이 흘러간다. 부조리한 인간은 시간과 동떨어져 있지 않은 사람이다. 돈 후안은 여자들을 '수집'할 생각이 없다. 그는 가능한 한 많은 여자를 거치며 그 여자들과 함께 자기 삶의 기회를 소진해버린다. 수집한다는 것은 과거를 자양분 삼아 살아갈 수 있다는 뜻이다. 그는 후회라는 또 다른 형태의 희망을 거부한다. 그는 초상화를 바라볼 줄 모른다.

*

그렇다고 해서 그가 이기적인 것일까? 그렇다고 할 수도 있다. 하지만 여기에서도 서로를 이해해야 할 필요가 있다.

살기 위해 태어난 사람이 있고, 사랑하기 위해 태어난 사람이 있다. 적어도 돈 후안이라면 그렇게 말하고 싶을 것이다. 그러나 그는 자신이 고를 수 있는 간단한 몇 마디로 그렇게 할 것이다. 우리가 여기서 말하는 사랑은 영원이라는 환상에 물들어 있기 때문이다. 열정적 사랑의 전문가들이 입을 모아 우리에게 가르치듯이, 좌절된 사랑 말고는 영원한 사랑이란 없다. 투쟁이 없는 열정은 드물다. 그러한 사랑은 오직 죽음이라는 궁극적인 모순에 이르러서야 끝이 난다. 베르테르가 되거나 아니면 아무것도 아닌 존재가 되어야 한다. 자살하는 방법에도 여러 가지가 있다. 그중 하나는 자아를 완전히 바치고 망각하는 것이다. 돈 후안뿐만 아니라 다른 사람들도 이 방법이 감동적일 수 있다는 것을 알고 있다. 그러나 그는 이런 게 중요하지 않다는 사실을 아는 소수의 사람 중 한 명이다. 그는 위대한 사랑으로 자신의 개인적인 삶을 외면하는 사람들이 자기는 풍요로워질지 모르지만, 사랑의 대상으로 선택한 사람들을 가난하게 만든다는 것을 잘 알고 있다. 어머니나 열정적인 여자는 세상에서 외면당하기 때문에 필연적으로 마음이 닫혀 있다. 하나의 감정과 하나의 피조물, 그리고 하나의 얼굴만이 있을 뿐이다. 다른 모든 것은 삼켜지고 없다. 돈 후안은 이와는 사뭇 다른 사랑에 혼란스러워하는데, 이 사랑은 그를 자유롭게 한다. 세상의 모든 얼굴을 가져다주며, 이 사랑의 떨림은 그 자체로 반드시 소멸한다는 사실에서 비롯된다. 돈 후안은 아무것도 아니기를 선택한다.

그에게는 명확하게 바라보는 것이 중요하다. 우리는 우리를 어떤 존재와 연결해주는 것을 사랑이라고 부른다. 하지만 이러한 관점은 책과 전설에서 비롯된 집단이 바라보는 방식을 참조했을 때만 그런 것이다. 그러나 사랑의 경우, 나는 욕망과 애정, 지성의 혼합만이 나를 이 존재 또는 저 존재와 연결한다는 것을 알고 있다. 이 혼합물은 또 다른 사람에게는 같지 않을 것이다. 나에게는 이 모든 경험을 전부 같은 이름으로 덮을 권리가 없다. 그러면 사랑이라는 경험을 굳이 같은 방식으로 수행할 필요가 없다. 부조리한 인간은 여기서도 다시 통일할 수 없는 방식을 만들어낸다. 따라서 그는 새로운 존재 방식을 발견하는데, 이 방식은 적어도 그에게 다가오는 사람들을 자유롭게 하는 만큼이나 그를 자유롭게 해준다. 그 자체로 덧없고 예외적임을 깨닫는 사랑이어야 너그러운 사랑이라 할 수 있다. 이 모든 죽음과 부활이 한 다발로 모여 돈 후안에게 인생의 꽃을 피워준다. 이것이 그가 베풀고 살아가는 방식이다. 이 방식을 두고 이기적이라고 할 수 있는지 없는지는 각자의 판단에 맡기도록 하겠다.

*

이 시점에서 돈 후안이 절대적으로 벌을 받아야 한다고 주장하는 사람들이 생각난다. 돈 후안이 저세상뿐만 아니라 이 세상에서도 벌을 받아야 한다고 한다. 나이 든 돈 후안에 관한 허다한 이야기와 전설, 웃음도 떠오른다. 하지만 돈 후안은 벌써 준비가 되어 있다. 의식이 있는 사람에게는 노년과 그 노년이 예고하는 삶이 새삼 놀라울 것도 없다. 사실, 그는 노년에 대한 공포를 숨기지 않는 점 때문에 의식적인 인간이라고 할 수 있다. 과거 아테네에는 노년에 헌정된 사원이 있었다. 아이들은 그곳으로 끌려갔다. 돈 후안의 경우, 더 많은 사람이 그를 비웃을수록 그의 모습이 더 돋보인다. 따라서 그는 낭만주의자들이 그에게 빌려준 이미지를 거부한다. 아무도 고통스러워하는 가엾은 돈 후안을 비웃으려 하지 않는다. 그는 동정을 받는다. 그렇다면 하늘이 그를 구원하지 않겠는가? 하지만 그렇지 않다. 돈 후안이 엿보는 세상에는 조롱 역시 포함되어 있다. 그는 벌을 받아 마땅하다고 생각할 것이다. 이것이 게임의 규칙이다. 그리고 과연 그는 특유의 너그러움으로 모든 규칙을 받아들인다. 그러나 그는 자신이 옳다는 것, 게임의 규칙이 처벌이 아님을 알고 있다. 운명 자체가 벌이 될 수는 없다.

이것이 바로 그의 죄다. 신을 믿는 사람들이 왜 그에게 형벌을 내리고 싶어 하는지는 무척 이해하기 쉽다. 그는 그들이 주장하는 모든 것을 부정하는, 환상이 없는 앎에 이른다. 사랑과 소유, 정복과 소진, 그것이 그의 앎의 방식이다(육체적 행위를 '앎'이라고 부르는 유명한 성경 구절에는 중요한 의미가 있다). 그는 그들을 잘 모르기 때문에 그들에게 최악의 적이 된다. 한 연대기 작가는 돈 후안의 모델인 진짜 바람둥이가 프란체스코 수도사들에 의해 암살당했다고 전한다. '출생 배경으로 인해 면죄부를 받을 수 있었지만 수도사들이 돈 후안의 지나친 바람기와 불경함을 종식하려' 했기 때문이다. 그런 다음 그들은 하늘에서 벼락이 내리는 바람에 그가 죽었다고 선언했다. 아무도 이 기이한 결말을 증명하지 못했다. 그 반대를 증명한 사람도 없다. 그러나 나는 이런 일이 실제로 가능한지 따지지 않고도 논리적이라고 말할 수 있다. 이 시점에서 단지 '출생'이라는 단어를 골라내어 말장난하고 싶어진다. 살아 있다는 사실이야말로 그의 무죄성을 증명해줬다. 이제 전설이 돼버린 그의 유죄성은 오직 죽음에서 비롯되었다.

돌로 만든 기사, 감히 사유를 무릅썼던 피와 용기를 벌하기 위해 세워진 저 차가운 석상이 달리 또 무엇을 의미하겠는가? 영원한 이성과 질서, 보편적 윤리의 모든 힘, 언제나 분노에 열려 있는 신의 모든 이질적인 웅장함이 그 안에 응축되어 있다. 저 거대하고 영혼 없는 돌은 돈 후안이 영원히 부정했던 힘을 상징할 뿐이다. 하지만 기사의 임무는 거기서 멈춘다. 천둥과 번개는 사람들이 불러냈던 거짓 천국으로 돌아갈 수 있기 때문이다. 진짜 비극은 천둥 번개와는 전혀 다른 곳에서 일어난다. 돈 후안이 죽음을 맞이한 것은 돌로 만든 손 아래에서가 아니었다. 나는 전설적인 허세, 존재하지 않는 신을 자극하는 건강한 인간의 정신 나간 듯한 웃음을 믿으려 한다. 하지만 무엇보다 돈 후안이 안나의 집에서 기다리던 그날 저녁, 기사는 오지 않았다. 자정이 지났을 때, 이 불경한 자는 자기 생각이 옳다고 믿는 사람들이 느끼게 되는 끔찍한 괴로움에 사로잡혔을 것이라고 믿는다. 나는 결국 수도원에 묻히게 되었다는 그 자신의 설명도 흔쾌히 받아들인다. 이야기의 교훈적인 측면이 그럴듯하다고 생각해서가 아니다. 그가 신에게 어떤 피난처를 구할 수 있었겠는가? 이것은 오히려 부조리에 완전히 물든 삶의 논리적 결론, 이내 끝나고 말 기쁨으로 향하는 존재의 암울한 결말을 상징한다. 이 시점에서 관능적 쾌락은 금욕으로 끝을 맺는다. 쾌락과 금욕이 같은 결핍의 두 가지 얼굴일 수도 있다는 것을 깨달아야 한다. 제때 죽지 못했다는 이유로 자기 육체에 배신당한 한 남자가 자신이 숭배하지 않는 신과 대면하고, 삶을 섬기듯 신을 섬기며, 허무 앞에 무릎을 꿇은 채 그 깊이도 모르고 말도 없는 하늘을 향해 팔을 뻗은 채 종말을 기다리며 희극을 연출하는 것보다 더 끔찍한 모습이 또 있을까?

언덕 꼭대기의 외딴 스페인 수도원 독방에 갇힌 돈 후안의 모습을 상상해본다. 그리고 그가 무언가를 생각한다면 그것은 지난 사랑의 유령이 아니라, 햇볕에 그을린 벽의 좁은 틈새 사이로 보이는 조용한 스페인의 초원, 그 자신을 떠올리게 하는 고귀하고 영혼이 없는 땅일 것이다. 그렇다. 이 우울하면서도 반짝이는 광경으로 돈 후안의 이야기는 막을 내려야 한다. 기다렸지만 전혀 원하지 않았던 궁극의 종말, 그 종말은 경멸할 만하다.

연극

햄릿은 말한다. "연극, 이것이야말로 내가 왕의 의식을 잡아챌 덫이다."

'잡아채다'는 참으로 적절한 단어다. 양심은 빠르게 움직이거나 스스로 물러나기 때문이다. 양심은 그 날갯짓에 잡혀야 하며, 그것도 날갯짓이 자신을 그 자체를 찰나적으로 바라보는, 지각할 수조차 없는 순간에 잡혀야 한다. 일상적인 인간은 지체하는 것을 좋아하지 않는다. 반대로 모든 것이 계속 그를 서두르게 한다. 그러나 동시에 자신, 특히 자신의 잠재력보다 그가 더 관심이 있는 것은 없다. 바로 이런 이유에서 그는 극장, 그리고 연극에 흥미가 생기게 되었다. 이곳에서는 수많은 운명이 그 앞에 펼쳐지는데, 그 운명의 비애를 느끼지 않고 시적 매력만 받아들일 수 있다. 적어도 여기에서 생각이 없는 남자를 알아볼 수 있으며, 그는 어떤 희망이나 다른 것을 좇아 부단히 걸음을 재촉한다. 부조리한 인간은 희망이 끝나는 곳에서, 정신이 연극에 감탄하기를 멈추고 그 속으로 들어가고 싶어 하는 순간에 시작한다. 이 모든 삶 속으로 들어가 그 다양한 삶을 경험하는 것이 바로 삶을 연기하는 것이다. 나는 배우라면 으레 그런 충동을 따르게 마련이고, 그래서 부조리한 인간이라고 말하는 것이 아니다. 그들의 운명이 부조리한 운명이며, 명철한 마음을 매료시키고 끌어들일 수 있다고 말하는 것이다. 앞으로 이어질 내용을 오해하지 않고 파악하기 위해서는 이 점을 분명히 해둘 필요가 있다.

배우의 왕국은 찰나의 순간이 지배하는 왕국이다. 온갖 종류의 명성 중에서도 배우의 명성이 가장 덧없는 것으로 알려져 있다. 적어도 사람들이 대화할 때 그렇게 말한다. 그러나 온갖 종류의 명성은 원래 덧없다. 시리우스 별에서 바라본다고 할 때, 1만 년 후에 괴테의 작품은 먼지가 되고 그의 이름은 잊힐 것이다. 아마도 몇몇 고고학자가 우리 시대에 대한 '증거'를 찾아낼 것이다. 이런 생각에는 항상 교훈이 담겨 있다. 깊이 파고 들어가면 이런 문제는 무관심 속에서 발견되는 심오한 고귀함에 관련된 우리의 근심을 줄여준다. 무엇보다 그것은 우리의 관심을 가장 확실한 것, 즉 즉각적인 것으로 향하게 한다. 모든 종류의 명성 중에서 가장 덜 기만적인 것은 직접 겪는 명성이다.

따라서 배우는 다양한 명성, 즉 자신을 바치며 직접 경험하는 명성을 선택한 것이다. 모든 것이 언젠가는 죽는다는 사실에서 배우는 최선의 결론을 끌어낸다. 배우는 성공하거나 아니면 성공하지 못한다. 작가는 인정받지 못하더라도 희망이 있다. 그는 자신의 작품이 자신이 어떤 사람인지 증명해줄 것이라고 가정한다. 하지만 배우는 기껏해야 우리에게 사진 한 장만 남긴다. 그의 몸짓과 침묵, 거친 숨결과 사랑의 속삭임 같은 그 어떤 것도 우리에게 전해지지 않을 것이다. 그에 대한 것이 알려지지 않는다는 것은 연기하지 않는 것이고, 연기하지 않는다는 것은 그가 숨을 불어넣어 다시 살아나게 했을 모든 피조물과 더불어 수도 없이 죽는다는 것이다.

*

가장 덧없는 창조물 위에 찰나의 명성이 쌓인다고 해서 우리가 놀라야 할까? 배우에게는 이아고(셰익스피어 희곡 〈오셀로〉에 등장하는 악역-역주)나 알세스트(몰리에르 희곡 〈인간 혐오자〉의 주인공-역주), 페드르(장 라신 희곡 〈페드르〉의 주인공-역주)나 글로스터(셰익스피어 희곡 〈리처드 3세〉의 주인공)가 될 수 있는 세 시간이 주어진다. 그 짧은 시간 동안 그는 50제곱미터의 무대 위에서 여러 등장인물이 살아 숨 쉬다 죽게 만든다. 부조리를 연극에서처럼 잘 묘사하고 길게 표현한 사례는 없을 것이다. 무대 세트 위에서 몇 시간 동안 펼쳐지는 그 놀라운 삶, 그 예외적이고 완전한 운명보다 더 우리를 일깨우는 삶의 본보기를 상상할 수 있을까? 무대에서 내려온 시지스몬도(페드로 칼데론 데 라 바르카의 희곡 〈인생은 꿈〉에 나오는 등장인물-역주)는 계산하기를 멈춘다. 두 시간 후 그가 밖에서 식사하는 모습이 보인다. 그렇다면 아마도 인생은 꿈일 것이다. 하지만 시지스몬도가 가고 나면 또 다른 인물이 나타난다. 복수를 위해 포효하는 남자 대신 불안에 시달리는 주인공이 등장한다. 이렇게 수 세기에 걸쳐 사람들의 마음을 휩쓸면서, 존재할 수 있고 또 존재하는 그대로의 인간을 흉내 냄으로써 배우는 또 하나의 부조리한 개인인 여행자와 많은 공통점이 생기게 된다. 여행자와 다름없이 배우는 무언가를 소진하고 끊임없이 움직인다. 그는 시간 속 여행자이며, 최상의 경우 영혼에 쫓기는 여행자다. 양의 도덕이 양식을 찾을 수 있다면, 그것은 바로 그 이상한 무대에서다. 배우가 등장인물들로부터 어느 정도의 혜택을 얻는지는 말하기 어렵다. 하지만 그것이 중요하지는 않다. 배우가 그 대체 불가능한 수많은 삶과 자신을 얼마나 동일시할 수 있는지 아닌지가 문제일 뿐이다. 그는 종종 그 삶들을 데리고 다니는데, 그들이 태어난 시간과 장소에 약간의 변화가 생기기도 한다. 삶들이 배우와 항상 동행하기 때문에 배우는 과거에 자신이었던 존재와 빠르게 분리될 수 없다. 가끔 배우는 잔을 들면서 저도 모르게 햄릿의 잔을 드는 동작을 흉내 낸다. 아니, 그가 생명을 불어넣었던 피조물과 그 자신을 분리하는 간격 자체가 그리 넓지 않다. 그는 자신이 되고자 하는 모습과 자신의 모습 사이에 경계가 없다는 암시적인 진리를 매달 또는 매일 풍부하게 보여준다. 언제나 더 잘 표현하는 데 관심이 있는 그는 보이는 것으로 존재하는 것을 얼마나 실감 나게 창조할 수 있는지 증명한다. 왜냐하면 완벽하게 흉내 내는 것, 자기 삶이 아닌 다른 삶에 최대한 깊이 자신을 투영하는 것, 이것이 바로 그의 예술이기 때문이다. 그의 노력이 끝나갈 즈음에 그의 사명이 뚜렷하게 드러난다. 즉, 아무것도 아닌 존재가 되거나 여러 존재에 자신을 전적으로 몰입하는 것이다. 등장인물을 창조하는 데 주어진 한계가 좁으면 좁을수록 그의 재능이 더욱 필요해진다. 그는 오늘 자신이 쓴 얼굴 아래서 세 시간 후에 죽을 것이다. 세 시간 안에 그는 특별한 삶 전체를 경험하고 표현해야 한다. 이것이 이른바 자신을 되찾기 위해 자신을 잃는 과정이다. 이 세 시간 동안 그는 관객이 평생 거쳐 갈 막다른 길 전체를 여행하게 된다.

*

덧없는 것을 몸짓으로 표현하는 배우인 그는 오직 외양으로만 자신을 훈련하고 완성한다. 연극적 관습에 따르면 배우는 몸짓과 몸, 또는 몸인 동시에 영혼의 일부인 목소리를 통해서만 마음을 표현하고 소통해야 한다. 이 예술의 규칙에서는 모든 것이 확대되어 육체로 옮겨져야 한다고 주장한다. 무대 위에서 사람들이 실제로 사랑하는 것처럼 사랑하고, 무엇으로도 대체할 수 없는 마음의 목소리를 사용하고, 삶에서 바라보는 것처럼 바라보아야 한다면, 우리의 언어는 마치 암호처럼 해독할 수 없게 될 것이다. 하지만 무대 위에서는 침묵도 들려야 한다. 사랑을 더 크게 말하고, 움직이지 않는 것도 거대한 움직임처럼 보여야 한다. 몸이 곧 왕이다. 모두가 '연극적'일 수 있는 것은 아니며, 부당하게 악의적으로 쓰이는 '연극적'이라는 단어는 어떤 미학 전체와 윤리 전체를 포함하게 되었다. 사람의 인생 절반은 암시하고, 외면하고, 침묵하는 데 쓰인다. 이런 인생에서 배우는 침입자나 마찬가지다. 그는 묶여 있던 영혼의 마법을 풀어버리고 기어이 열정이 무대로 뛰어오를 수 있게 한다. 열정은 몸짓 하나하나로 말한다. 오직 외침과 비명을 통해서만 살아간다. 배우는 보여주기 위해 스스로 인물을 창조한다. 인물을 그리거나 조각하고 상상의 형태 속으로 빠져들어 자신의 피를 인물의 환영에 수혈한다. 물론 나는 지금 위대한 연극, 배우에게 자신의 육체적 운명을 온전히 성취할 기회를 제공하는 위대한 연극에 관해 이야기하고 있다. 셰익스피어를 예로 들어보겠다. 셰익스피어의 충동적인 연극에서는 광기에 찬 육체의 열정이 춤을 이끌어간다. 그 열정이 모든 것을 설명한다. 열정 없이는 전부 무너지고 말 것이다. 코델리아를 추방하고 에드거를 단죄하는 잔인한 행동이 없었다면 리어왕은 광기에 취해서 한 약속을 지키지 않았을 것이다. 그러므로 이 비극은 광기에 힘입어 펼쳐질 수밖에 없다. 영혼들은 악마들과 그들의 춤sarabande에 넘어간다. 연극에는 무려 네 명의 광인이 출연한다. 한 명은 사업상, 다른 한 명은 의도적으로, 마지막 두 명은 고통을 통해 광인이 된다. 엉망진창이 돼버린 네 개의 몸, 뭐라 말할 수 없는 네 얼굴이 하나의 조건 아래 놓여 있다.

인간의 육체라는 기준만으로는 부족하다. 가면과 무릎까지 오는 장화, 얼굴의 필수적인 요소만을 강조하는 메이크업, 과장되거나 단순해진 의상 등, 연극의 세계는 다른 모든 것을 희생하고 오로지 눈으로 보기 위한 장치만을 위해 만들어진다. 부조리한 기적을 통해 지식을 가져오는 것이 바로 몸이다. 나는 이아고를 직접 연기해보지 않고서는 그를 결코 이해하지 못할 것이다. 나는 그가 보이는 순간에만 그를 파악하기 때문에 그의 목소리를 듣는 것만으로는 충분하지 않다. 결과적으로 배우는 부조리한 인물의 단조로움이라는 특성을 얻는다. 이 유일하고도 억압적인 실루엣은 낯선 동시에 친숙하며, 그가 주인공에서 주인공으로 옮겨 다니며 항상 함께하는 특성이다. 여기에서도 위대한 연극 작품은 어조의 통일성을 빚어낸다.*

배우가 자신과 모순되는 지점이기도 하다. 똑같으면서도 매우 다양한, 수많은 영혼이 단 하나의 몸에 요약된다는 모순이다. 그러나 모든 것을 성취하고 모든 것을 살고 싶어 하는 개인, 그 무의미한 시도, 비효율적인 집착은 부조리한 모순 자체다. 그럼에도 항상 그 자체로 모순되는 주체가 그 안에서 조화를 이룬다. 그는 몸과 정신이 합쳐지는 지점, 패배에 지친 정신이 가장 충실한 동맹에게 되돌아가는 지점에 있다. 햄릿이 말했다. "피와 판단이 기이하게 뒤섞인 나머지 운명의 손가락이 제멋대로 노래 부르게 하는 피리가 되지 않는 자들은 복 있을지어다."

* 여기서 나는 몰리에르가 쓴 〈인간 혐오자(Le Misanthrope)〉의 주인공 알세스트를 생각하고 있다. 모든 것이 무척 간단하고, 분명하며, 거칠다. 알세스트 대 필랭트, 엘리앙트 대 셀리맨, 종말을 향해 떠밀려 가는 성격의 부조리한 결과 속에 드러나는 이 모든 주제 그리고 시구 자체, 인물 성격의 단조로움과 마찬가지로 격조라고는 거의 찾아볼 수 없는 '어설픈 시구'이다.

*

교회에서 어떻게 배우의 그러한 관행을 비난하지 않을 수 있었을까? 교회에서는 이단적인 영혼이 증식하고 감정적으로 방탕해지게 하며 단 하나의 삶을 추구하기를 거부하고 모든 형태의 과잉에 자신을 내던져 정신이 추악해지게 한다는 이유로 연극이라는 예술을 배척했다. 또한 교회에서 가르치는 내용을 전부 부정하는 연극 특유의 현재 중심적 사고와 프로테우스의 승리를 금지했다. 영원을 걸고 게임을 해서는 안 된다. 영원보다 연극을 선호할 만큼 어리석은 정신은 그 구원을 잃은 셈이다. '모든 곳'과 '영원' 사이에는 타협이 없다. 그러므로 배우처럼 악명 높은 직업은 어마어마한 정신적 갈등을 일으킬 수 있다. 니체는 말했다. "중요한 것은 영원한 생명이 아니라 영원한 활력이다." 사실 모든 드라마는 이 선택 안에 있다.

임종을 앞둔 아드리엔 르쿠브뢰르는 고해성사와 영성체를 기꺼이 받겠다고 했지만, 배우라는 직업을 포기하기는 거부했다. 따라서 그녀는 고해성사의 혜택을 잃었다. 이는 실제로 신보다 자신의 흥미진진한 열정을 선택한 것과 같지 않은가? 그리고 죽음의 고통 속에서도 스스로 자기의 예술이라고 부른 것을 거부하기를 눈물로 마다한 이 여인은 무대 위에서 결코 이루지 못한 위대함의 증거를 보여주었다. 이 역할은 그녀 최고의 역할이자 가장 연기하기 어려운 역할이었다. 천국과 직업에 대한 보잘것없는 충실성 사이에서 무엇을 선택할 것인가, 영원보다 자기 자신의 길을 선택할 것인가 아니면 신에게 자신을 맡길 것인가 하는 문제는 오래된 비극이며, 누구나 저마다 그 안에서 자신의 역할을 해야 한다.

당시 배우들은 그들이 교회에서 파문당할 것임을 알고 있었다. 배우라는 직업에 종사하는 것은 지옥을 선택하는 것과 같았다. 그리고 교회는 배우를 최악의 적으로 보았다. 몇몇 사람이 서한으로 항의했다. "몰리에르가 종부 성사(사람이 운명할 때 치르는 미사-역주) 받는 것을 거부한다!" 그러나 교회의 처사는 합당했다. 특히 무대에서 죽고 배우의 분장 아래에서 전적으로 분산分散에 몰두한 삶을 마감한 사람에게는 더욱 그렇다. 사람들은 몰리에르의 경우 그 천재성으로 모든 것을 변명하려 한다. 그러나 천재성으로는 어떤 것도 변명할 수 없다. 천재는 원래 변명을 마다하게 마련이다.

당시 배우는 자신에게 어떤 형벌이 기다리고 있는지 알고 있었다. 그러나 삶 자체가 그를 위해 예비하고 있는 최종 형벌과 비교할 때 그처럼 모호한 위협에 어떤 의미가 있겠는가? 이 형벌은 그가 미리 느끼고 전적으로 받아들인 것이다. 부조리한 인간처럼 배우에게도 너무 이른 죽음은 돌이킬 수 없는 일이 된다. 그 무엇으로도 그가 거쳐왔을 얼굴과 세월의 총합을 보상할 수는 없다. 하지만 어쨌든 사람은 죽게 마련이다. 배우는 분명 어디에나 있지만, 시간도 그를 휩쓸고 지나가며 그에게 영향을 끼친다.

배우의 운명이 무엇을 의미하는지 느끼기 위해서는 약간의 상상력이 필요할 뿐이다. 그가 자신의 캐릭터를 구성하고 열거하는 것은 시간 속에서다. 마찬가지로 그가 캐릭터를 지배하는 법을 배우는 것도 시간 속에서다. 다채로운 삶을 많이 살아왔을수록 그는 더 초연해질 수 있다. 무대에서, 그리고 세상에서 그가 죽어야 할 때가 온다. 그가 살아온 삶이 그를 마주한다. 그는 똑바로 바라본다. 그 모험의 고통스러움을, 무엇으로도 그것을 대체할 수 없다는 사실을 뼈저리게 실감한다. 그는 이제 죽는 법을 알고, 죽을 수 있다. 나이 든 배우들을 위한 집이 있다.

정복

정복자는 말한다. "아니다. 내가 행동을 좋아하기 때문에 생각하는 방법을 잊었다고 생각하지 마라. 오히려 나는 내가 생각하는 것을 온전히 정의할 수 있다. 내 생각을 굳게 믿고 있고, 확실하고 분명하게 보고 있기 때문이다. '난 이것을 너무 잘 알아서 표현할 수 없다'고 하는 사람들을 조심하라." 표현할 수 없다면, 그 이유는 그들이 잘 모르거나, 게을러서 껍데기만 보았기 때문이다.

나에게는 의견이 많지 않다. 인생의 끝자락에서 사람은 단 하나의 진리를 확신하기 위해 오랜 세월을 보냈다는 것을 알게 된다. 그러나 하나의 진리라도 분명하기만 하다면 삶을 이끌어 나가는 데 충분하다. 나로서는 개인에 대해 확실히 할 말이 있다. 개인에 대해 직설적으로 말해야 하며, 필요하다면 적절한 경멸을 담아야 한다.

사람은 자신이 하는 말보다 말하지 않는 것을 통해 더 사람다워진다. 내가 말하지 않고 혼자 간직해야 할 것은 많이 있다. 그러나 나는 개인을 판단해본 사람이라면 누구나 우리보다 훨씬 적은 경험을 바탕으로 판단했다고 굳게 믿는다. 지성, 그 감동적인 지성은 아마도 우리가 주목해야 할 것이 무엇인지 예견했을 것이다. 그러나 시대와 그 폐허, 그리고 피는 우리를 압도할 만큼의 사실을 보여준다. 고대 국가에서는 물론이고, 심지어 좀 더 최근의 국가, 그리고 오늘날의 기계 시대에 이르기까지 사회와 개인의 미덕을 서로 비교하여 어느 쪽이 다른 쪽에 더 도움 되는지 알아내는 것이 가능했다. 우선 도움을 주거나 받기 위해 창조됨에 따라 인간의 마음속에 고집스러운 일탈이라는 미덕이 있었기에 가능한 일이었다. 두 번째로는 사회나 개인 모두 아직 자신의 능력을 전부 드러내지 않았기 때문이었다.

나는 똑똑한 사람들이 플랑드르에서 피비린내 나는 전쟁이 한창일 때 태어난 네덜란드 화가들의 걸작에 놀라움을 표하고, 소름 끼치는 30년 전쟁 중에 자란 슐레지엔(폴란드 영토 대부분과 체코 및 독일 일부에 걸쳐져 있던 과거의 지역-역주) 신비주의자들의 기도문에 감탄하는 모습을 보았다. 그들의 경이에 찬 눈앞에서 영원한 가치는 세속적 혼란을 이겨내고 살아남는다. 하지만 그 이후로 시대는 변화를 거듭했다. 오늘날의 화가들은 그런 평온함을 박탈당했다. 그들에게 창조자가 기본적으로 갖추어야 할 마음, 닫힌 마음이 있더라도 그런 것은 아무 쓸모가 없다. 성자를 비롯한 모두가 전쟁에 동원되는 시대였기 때문이다. 이것이 아마도 내가 가장 깊이 느낀 점일 것이다. 참호에서 무언가 실패할 때마다, 윤곽과 은유, 기도가 강철에 짓밟힐 때마다 영원은 한 게임씩 지고 만다. 나는 나의 시대와 동떨어져 있을 수 없음을 의식하고 시대의 일부가 되겠다고 결심했다. 나는 개인을 존중한다. 오로지 개인이 나에게 우스꽝스럽고 굴욕적으로 보인다는 이유 때문이다. 승리해야 할 명분이 없다는 것을 알고 있기에, 나는 오히려 패배한 명분을 좋아한다. 일시적인 승리에서나 패배에서나 명분에는 한결같이 순수한 영혼이 필요하다. 이 세상의 운명에 얽매여 있다고 느끼는 사람이라면 여러 문명의 충돌을 고통스럽게 느낄 것이다. 나는 그 고통에 내 것으로 만드는 동시에 그 안에 동참하고 싶었다. 역사와 영원한 것 사이에서 역사를 선택했다. 확실성을 좋아하기 때문이다. 적어도 나는 역사에 대해서만큼은 확신할 수 있다. 나를 짓누르는 역사의 힘을 어떻게 부정할 수 있겠는가?

언제든 관조와 행동 중 하나를 선택해야 할 때가 찾아오게 마련이다. 인간이기에 겪어야 하는 일이다. 그 분열의 고통은 끔찍하다. 그러나 자부심이 있는 사람에게는 타협이 있을 수 없다. 신인가 시간인가, 십자가인가 칼인가 하는 선택만 있을 뿐이다. 이 세상에는 이런 걱정을 초월하는 더 높은 의미가 있다. 아니면 그런 걱정 외에는 그 무엇도 진실이 아니다. 시간과 함께 살다가 함께 죽거나, 아니면 더 위대한 삶을 위해 시간에서 벗어나야 한다. 나는 우리가 타협할 수도 있다는 것을, 영원을 믿으면서도 세상 속에서 살아갈 수 있다는 것을 알고 있다. 이것을 받아들임이라고 한다. 하지만 나는 이 용어를 싫어한다. 전부가 아니면 전무라는 말을 원한다. 내가 행동을 선택한다고 하여 숙고에 대해서 전혀 모른다고는 생각하지 마라. 숙고는 내게 모든 것을 줄 수 없으며, 영원을 갖지 못한 나는 시간과 동맹을 맺고자 한다. 향수나 괴로움에 휩쓸리고 싶지는 않고, 그저 명확하게 보고 싶을 뿐이다. 내일이면 당신은 동원될 것이다. 여러분과 나에게 그것은 오히려 해방이다. 개인은 아무것도 할 수 없는 동시에 모든 것을 할 수 있다. 그 놀랍도록 어디에도 얽매이지 않은 상태에서 내가 개인을 높이는 동시에 짓밟는지 이해할 것이다. 개인을 부서지게 하는 것은 세상이고, 그를 해방하는 것은 나다. 나는 그에게 모든 권리를 제공한다.

*

정복자는 행동 자체만으로는 쓸모가 없다는 것을 알고 있다. 인간과 지구를 새로 만드는 행동만이 쓸모 있는 행동이다. 나는 결코 인간을 새로 만들지 못할 것이다. 하지만 사람은 '마치 그렇게 해야 하는 것처럼' 행동해야 한다. 투쟁의 길이 나를 육체로 인도하기 때문이다. 굴욕을 당하더라도 육체는 나의 유일한 확신이다. 나는 오직 육체로만 살아갈 수 있다. 피조물의 세계는 나의 고향이다. 이것이 내가 이 부조리하고 비효율적인 노력을 선택한 이유다. 투쟁의 편에 선 이유이기도 하다. 내가 말했듯이 시대는 이러한 선택에 적합하다. 지금까지 정복자의 위대함은 지리적인 것이었다. 정복된 영토의 규모로 측정되었다. 이 단어의 의미가 바뀌어 더 이상 승리를 거둔 장군을 뜻하지 않게 된 데에는 이유가 있다. 위대함의 진영이 달라진 것이다. 위대함은 이제 항거와 맹목적인 희생에 달려 있다. 내가 패배를 좋아해서가 아니다. 승리를 거둔다면 바람직할 것이다. 그러나 승리는 단 한 번뿐일 것이며, 한 번의 승리로 영원할 것이다. 내가 결코 얻을 수 없는 승리다. 이 지점에서 나는 비틀거리고 집착하게 된다. 근대 최초의 정복자 프로메테우스의 혁명을 시작으로 혁명은 항상 신을 상대로 이루어졌다. 자신의 운명을 거스르고자 하는 인간의 요구이다. 사실 가난한 자의 요구는 구실에 불과하다. 그러나 나는 이 역사적 행위 속에서만 혁명의 정신을 포착할 수 있으며, 바로 그곳에서 정신과 접촉한다. 하지만 내가 모순을 즐긴다고는 생각하지 마라. 본질적인 모순에 맞서 나는 나의 인간적인 모순을 유지한다. 명철함을 부정하는 한가운데서 나의 명철함을 확립한다. 인간을 짓밟는 것 앞에서 인간을 드높인다. 그리고 그 긴장감과 명철함, 지나친 반복 속에 나의 자유와 반항, 열정이 한데 어우러진다.

그렇다. 인간은 그 자체로 자신의 목적이다. 유일한 목적이기까지 하다. 그가 무언가를 목표로 삼는다면 그 목표는 이 삶 속에 있다. 이제 나는 이런 것을 너무 잘 알고 있다. 정복자들은 때때로 정복과 극복에 관해 이야기한다. 그러나 그들이 의미하는 것은 항상 '자신을 극복하는 것'이다. 당신도 그것이 무엇을 의미하는지 잘 알 것이다. 모든 인간은 어떤 순간에 자신이 신과 동등하다고 느낀다. 적어도 그렇게 말한다. 그러나 이것은 인간이 어느 한순간 인간 정신의 놀라운 위대함을 느꼈다는 사실에서 비롯된다. 정복자는 끊임없이 위대한 정신으로 살아간다고 확신할 만큼 자신의 힘을 알고, 그 위엄을 온전히 의식하는 인간일 뿐이다. 그것은 산술의 문제, 즉 더 많거나 적음의 문제다. 정복자들은 더 많은 일을 할 수 있다. 그러나 그들은 인간이 스스로 원할 때 할 수 있는 일 이상을 해낼 수는 없다. 그래서 인간의 번잡한 세계를 절대로 떠나지 않고, 끓어오르는 혁명의 영혼 속으로 뛰어든다.

그곳에서 그들은 훼손된 피조물을 발견하지만, 그들이 좋아하고 존경하는 유일한 가치, 즉 인간 그리고 인간의 침묵과도 만난다. 이것이 그들의 결핍이자 풍요로움이다. 이들에게는 단 하나의 사치, 즉 인간관계의 사치가 있다. 이 취약한 세계에서는 인간적인 것, 오로지 인간적인 모든 것이 더 생생한 의미를 갖게 된다는 사실을 어찌 깨닫지 못하겠는가? 무엇보다 인간의 긴장된 얼굴, 위협받는 형제애, 인간 사이의 강하고 순결한 우정, 이런 것들은 일시적이기 때문에 오히려 진정 풍요롭다고 할 수 있다. 이 진정한 풍요로움 속에서 정신은 자신의 능력과 한계, 다시 말해, 정신의 효능을 가장 잘 깨닫는다. 어떤 사람은 인간의 천재성을 들먹인다. 그런데 천재라는 말은 너무 발자한 표현이다. 차라리 나는 지성이라는 표현이 더 좋다. 그러니 지성이야말로 대단하다고 말해야 할 것이다. 지성은 이 사막을 밝히고 지배한다. 자신의 의무를 알고 그 의무를 드러낸다. 이 육체와 동시에 죽을 것이다. 그러나 이 사실을 아는 것이 바로 지성의 자유다.

*

우리는 모든 교회가 우리를 반대한다는 사실을 모르지 않는다. 그토록 단단하게 굳어진 마음은 영원한 것을 외면한다. 신적이든 정치적이든 모든 교회에서는 영원을 내세운다. 행복과 용기, 보수報酬나 정의는 교회에서는 부차적인 목적일 뿐이다. 그들이 내세우는 것은 교리이며, 사람은 반드시 그 교리에 복종해야 한다. 하지만 나는 관념이나 영원에는 전혀 관심이 없다. 내가 다룰 수 있는 진리는 손으로 만질 수 있다. 이 진리로부터 분리될 수 없다. 그러므로 당신은 나를 기반으로 그 어떤 것도 세울 수 없다. 정복자의 그 어떤 것도, 심지어 그의 교리조차도 오래가지 않는다.

이 모든 것에도 불구하고, 모든 것의 끝에 결국 죽음이 있다. 우리도 그 사실을 안다. 그리고 죽음이 모든 것을 끝낸다는 것도 알고 있다. 그래서 우리 중 몇몇을 괴롭히는 유럽 전역의 공동묘지가 그토록 끔찍한 것이다. 사람들은 자신이 사랑하는 것을 아름답게 장식하며, 죽음 앞에서는 멀찌감치 피하고 진저리를 친다. 하지만 죽음 역시 정복해야 할 대상이다. 페스트 때문에 비어버린 파도바에서 베네치아 군대에 포위된 카라라의 마지막 죄수는 비명을 지르며 궁전 여기저기를 뛰어다녔다. 그는 악마를 불러 죽여달라고 부탁한다. 그것이 죽음을 극복하는 방법이었다. 죽음 자체를 영광스럽게 여기는 장소를 그토록 추악하게 만든 것도 서양인 특유의 용기를 드러내는 징표다. 반항의 세계에서 죽음은 불의를 불러일으킨다. 죽음은 최고의 월권이다.

다른 이들 역시 타협하지 않은 채 영원을 선택하고, 이 세상의 환상을 고발했다. 그들의 묘지는 수많은 꽃과 새들 사이에서 미소 짓고 있다. 이 묘지들은 정복자에게 어울리며 그가 거부한 것에 대한 명확한 이미지를 제공한다. 그런데 그는 검은 쇠붙이나 이름 모를 무덤을 선택했다. 신의 사람 중 가장 뛰어난 사람들은 때때로 자신의 죽음에 대한 이미지와 더불어 살 수 있는 사람 앞에서 배려와 연민이 섞인 두려움에 사로잡힌다. 그러나 이러한 이미지와 함께 사는 사람은 그 이미지로부터 힘과 정당성을 얻는다. 우리의 운명이 우리 앞에 서 있고, 운명은 우리를 자극한다. 교만해서가 아니라 우리의 하찮은 조건을 의식하고 있기 때문이다. 우리 역시 가끔은 우리 자신에게 연민을 느낀다. 이것이 우리에게 허용될 수 있는 유일한 연민이다. 아마도 당신은 이해하지 못하고, 나약하다고 볼 수도 있는 감정이다. 그러나 우리 중 가장 대담한 사람은 이런 감정을 느낀다. 우리는 명철한 사람을 용감하다고 부르며, 명철함과 동떨어진 힘을 원하지 않는다.

*

다시 한번 반복하건대, 이 이미지들은 도덕적 규범을 제안하는 것이 아니며, 여기에는 어떤 판단도 개입되지 않는다. 단지 그림일 뿐이다. 단지 삶의 어떤 스타일을 표현했을 뿐이다. 연인과 배우 또는 모험가가 부조리를 연기한다. 그러나 원한다면 점잖은 사람과 공무원, 대통령도 부조리를 연기할 수 있다. 그저 알기만 하고, 아무것도 감추지 않는 것으로 충분하다. 이탈리아 박물관에는 가끔 페인트칠을 한 작은 병풍이 보인다. 사형수가 단두대를 보지 못하게 감추려고 사제들이 그의 얼굴 앞에 쳐놓은 것이다. 온갖 형태의 비약, 신 또는 영원으로 돌진하기, 일상이나 관념의 환상에 나를 내맡기기 등 이 모든 병풍이 부조리를 숨긴다. 하지만 병풍으로 가리지 못하는 관료들이 있고, 내가 말하고 싶은 대상은 바로 그 관료들이다. 나는 가장 극단적인 것을 선택했다. 이 정도의 사람들에게라면 부조리는 왕의 권력을 부여한다. 사실 이들은 왕국이 없는 왕자들이다. 그러나 이들에게는 다른 사람에게 없는 한 가지 장점이 있다. 이들은 모든 왕권이 허상이라는 것을 알고 있다. 이것이 바로 이들의 위대함이다. 이들과 관련하여 감추어진 불행이나 환멸의 재에 대해 말하는 것은 의미가 없다. 희망을 잃는다고 해서 꼭 절망하는 것만은 아니다. 대지의 불꽃은 분명 천상의 향수가 될 가치가 있다. 나나 그 누구도 여기서 이들을 판단할 수 없다. 이들은 더 나아지기 위해 노력하지 않는다. 일관성을 유지하려 노력할 뿐이다. 자기에게 없는 것을 탐하지 않고 있는 것으로 살아가는 사람을 '현자'라고 부를 수 있다면, 이들이 바로 현자다. 정신의 현자인 정복자, 지식의 현자인 돈 후안, 지성의 현자인 배우는 누구보다 이 사실을 잘 알고 있다. "자신의 사랑스럽고 양처럼 순한 마음을 완벽하게 만들었다고 해서 지상과 하늘에서 특권을 누릴 자격이 생기지는 않는다. 허영심에 부풀지 않고 심판관 행세를 하며 물의를 일으키지 않는다고 하더라도 기껏해야 뿔이 달린 우스운 작은 양에 지나지 않는다."

어쨌든 부조리한 추론에 좀 더 진정성 있는 사례를 되찾아줄 필요가 있었다. 상상력으로 다른 많은 사람도 추가할 수 있다. 시간과 유배된 상태에서 떨어질 수 없지만, 미래도 나약함도 없는 우주에서 조화를 이루며 살아갈 줄 아는 사람들 말이다. 이 부조리하고 신이 없는 세상은 명확하게 생각하고 희망하기를 그만둔 사람들로 가득 차 있다. 그리고 나는 아직 창조자, 그중 가장 부조리한 인물에 관한 이야기는 아직 꺼내지도 않았다.

부조리한 창조

철학과 소설

부조리의 희박한 공기 속에서 유지되는 모든 생명은 그 생명에 힘을 불어넣는 심오하고 부단한 생각 없이는 유지될 수 없다. 바로 이 자리에서, 그것은 오직 이상한 충실함의 감정일 뿐이다. 의식 있는 인간은 가장 어리석은 전쟁 중에도 자신을 모순에 빠뜨리지 않고 스스로 임무를 완수하는 모습을 보였다. 아무것도 피하지 않는 것이 필수적이었기 때문이다. 따라서 세상의 부조리를 견뎌내는 데에는 형이상학적인 명예가 따른다. 정복이나 연기, 수많은 사랑, 부조리한 반항은 인간이 일찌감치 패배한 전쟁터에서 자신의 존엄성에 바치는 찬사와도 같다.

중요한 것은 그저 전투의 규칙을 충실히 지키는 것이다. 이러한 생각만으로 정신을 온전히 유지하기에는 충분할지 모른다. 인류는 이 생각으로 모든 문명을 지탱해왔고, 지금도 지탱하고 있다. 전쟁을 거부할 수는 없다. 사람은 전쟁에서 살아남거나 죽거나 한다. 부조리도 전쟁과 다를 바 없다. 부조리와 함께 호흡하고, 부조리에서 비롯된 교훈을 인식하고, 육체를 회복하는 것이 중요하다. 이런 점에서 부조리한 기쁨의 정점은 바로 창조에 있다. 니체는 말했다. "예술, 오직 예술뿐이다. 예술이 있기에 우리는 진리에도 불구하고 죽지 않고 살아남는다."

내가 몇 가지 방법으로 설명하고 강조하려는 경험에서 확실한 점은 하나의 고통이 죽는 그 자리에서 새로운 고통이 생겨난다는 것이다. 망각을 뒤쫓는 유치한 추격, 만족을 향한 호소에는 이제 메아리가 없다. 그러나 인간을 계속 세상과 대면하게 만드는 끊임없는 긴장감, 모든 것을 받아들이도록 촉구하는 질서 정연한 망상은 그가 또 다른 열병에 시달리게 한다. 이 세계에서 예술 작품은 인간의 의식을 유지하고 그 모험을 바로잡을 유일한 기회다. 창조하는 삶은 두 배로 사는 삶이다. 프루스트가 영문도 모른 채 불안하게 탐색하고 꽃과 벽지, 불안을 세심하게 수집하는 것도 이와 같은 의미에서다. 동시에 배우와 정복자, 그리고 모든 부조리한 인간이 매일매일 빠져 드는 연속적이고 헤아릴 수 없는 창조물이라는 중요한 의미도 있다. 모두가 자신의 것인 현실을 모방하고, 반복하고, 재창조하려 애쓴다. 우리는 항상 우리의 진실로 이루어진 겉모습을 표현할 뿐이다. 영원을 외면한 인간에게 생존은 부조리한 가면을 쓴 거대한 흉내 내기에 불과하다. 창조란 위대한 흉내 내기다.

그런 사람들은 처음부터 알고 있다. 그들의 노력은 하나같이 방금 착륙한 미래가 없는 섬을 둘러보고 확장하고 풍요롭게 하는 것이다. 그러나 먼저 그들은 알아야 한다. 부조리한 발견은 미래의 열정이 준비되고 정당화되는 어떤 멈춤과 동시에 일어나기 때문이다. 복음이 없는 사람에게도 올리브산(예수가 십자가를 짊어지기 전 마지막으로 기도를 바친 겟세마네를 상징하는 곳-역주)이 있다. 그리고 사람은 각자의 산에서 잠들지 말아야 한다. 부조리한 사람에게 중요한 것은 설명과 해결이 아니라, 체험과 묘사이기 때문이다. 모든 것은 명철한 무관심에서 시작된다.

묘사하는 것, 그것이 부조리한 사고의 마지막 야망이다. 과학 자체도 그 역설의 끝자락에 도달하면 의견을 제시하기를 멈추고, 현상의 원초적인 풍경을 관조하고 스케치한다. 따라서 우리가 세상의 모습을 볼 때 우리를 즐겁게 하는 감정은 그 깊이가 아니라 그 다양성에서 비롯된다는 것을 마음으로 배우게 된다. 설명은 쓸모가 없지만, 감각은 남아 있고, 그 감각과 더불어 양적으로 넘쳐나는 세계의 끊임없는 호소도 남는다. 이 지점에서 예술 작품의 입지를 이해할 수 있다.

예술 작품은 어느 한 경험의 죽음과 그 증식을 동시에 나타낸다. 예술 작품은 이미 세상에서 편곡한 주제를 단순하고 열정적으로 반복하는 것과 비슷하다. 사원 벽에 끝도 없는 이미지로 조각된 육체, 형태나 색상, 숫자 또는 슬픔 등이 그 주제다. 따라서 결론적으로 이 글의 주요 주제를 창조자의 탁월하고도 순수한 세계에서 다시 한번 만나는 것도 의미가 있을 것이다. 그 안에서 상징을 보거나 예술 작품이 부조리한 인간의 피난처로 간주될 수 있다고 생각하는 것은 잘못이다. 예술 작품은 그 자체로 부조리한 현상이며, 우리는 그저 이를 묘사하는 데만 관심이 있다. 예술 작품은 정신의 질병에 탈출구를 제공하지 않는다.

오히려 병의 증상 중 하나이며, 인간의 사고 전체에 걸쳐 이 증상을 반영한다. 그러나 예술 작품은 처음으로 정신이 그 자체에서 벗어나게 하고 타자와 맞서는 곳에 위치시킨다. 길을 잃게 하기 위해서가 아니라 모두가 들어서는 막다른 길을 명확히 보여주기 위해서다. 부조리한 추론의 단계에서 창조는 무관심과 발견의 뒤를 잇는다. 창조는 부조리한 열정이 샘솟는 지점이자 추론이 멈추는 곳이다. 이 글에서 창조의 위치는 이런 식으로 정당화된다.

예술 작품에서 부조리와 관련된 사고의 모든 모순점이 어떻게 나타나는지 확인하기 위해서는 창조자와 사상가에게 공통된 몇 가지 주제를 밝히는 것으로 충분할 것이다. 사실, 여러 정신이 서로 유사하다는 것을 밝히는 것은 하나같이 판에 박힌 결론을 내린다는 점이 아니라, 공통된 모순이 있다는 점이다. 사고와 창조에 있어서도 마찬가지다. 동일한 고뇌가 인간에게 이 같은 태도를 촉구한다고는 구태여 말할 필요도 없을 것이다. 이곳에서 처음으로 사고와 창조가 동시에 일어난다. 그러나 나는 부조리에서 출발하는 모든 사고 중에서 계속 같은 자리에 남아 있는 경우가 극히 드물다는 것을 안다. 그리고 그들의 일탈이나 불일치를 통해 오로지 부조리에 속하는 것이 무엇인지 가장 잘 판단할 수 있다. 이와 더불어 나는 한 가지 의문을 제기하게 된다. 부조리한 예술 작품이라는 것이 가능할까?

*

예술과 철학 사이에 존재했던 대립이 자의적이라는 사실은 더 이상 강조할 필요조차 없다. 이를 너무 제한적인 의미로 받아들이려 한다면 분명 잘못이다. 단지 이 두 분야에 각각 독특한 성향이 있다고 주장하려 한다면, 그것은 아마 사실이겠지만 그래도 여전히 모호하다. 유일하게 수용할 수 있는 논리가 있다면 자신의 체계 안에 갇힌 철학자와 작품 앞에 놓인 예술가 사이에 제기되는 모순에 있을 것이다. 그러나 이것은 특정 형태의 예술과 철학에나 해당하며, 여기서 우리는 그 문제가 부차적이라고 생각한다. 창조자와 분리된 예술이라는 관념은 시대에 뒤떨어질 뿐만 아니라 그릇된 것이다. 예술가와는 반대로 어떤 철학자도 한 번도 혼자 여러 가지 체계를 만든 적이 없다는 지적도 있다. 그러나 지금까지 예술가가 서로 다른 형태로 오직 한 가지만을 표현했다는 관점에서 볼 때만 사실이다. 예술은 즉각적으로 완성되며, 계속 새로 태어날 필요가 있다는 믿음은 그저 편견일 뿐이다. 예술 작품 역시 하나의 구성물이며, 위대한 창조자가 얼마나 단조로울 수 있는지는 누구나 알고 있기 때문이다. 사상가와 같은 이유로 예술가는 작품에 자신을 바치며 작품 속에서 자기 자신이 된다. 이러한 삼투성은 가장 중요한 미학적 문제를 제기한다. 게다가 정신에 단일한 목적이 있다고 확신하는 사람에게라면 방법과 대상에 따른 이러한 구분보다 더 부질없는 것은 없다. 인간이 이해하고 사랑하기 위해 스스로 설정한 여러 학문 사이에는 경계가 없다. 서로 맞물려 있으며, 똑같은 불안 속에 어우러진다.

우선 이 점을 언급할 필요가 있다. 부조리한 예술 작품이 가능해지기 위해서는 가장 명철한 형태의 생각이 그 안에 포함되어야 한다. 그러나 동시에 조절하는 역할의 지능이 아니고서는 생각이 분명하게 드러나서는 안 된다. 이 역설은 부조리에 따라 설명할 수 있다. 예술 작품은 구체적인 것을 논리적으로 따지기 거부하는 지성에서 비롯된다. 육체적인 것의 승리를 의미한다. 예술 작품이 생겨나게 하는 계기는 명철한 생각이지만, 이 행위 속에서 생각은 생각하기를 거부한다. 생각은 묘사된 것에 불법적이라고 알려진, 더 깊은 의미를 추가하려는 유혹에 굴하지 않을 것이다. 예술 작품은 지성의 드라마를 구현하지만, 간접적으로만 이를 증명한다. 부조리한 작품에는 이러한 한계를 의식하는 예술가와 구체적인 것이 그 자체만을 의미할 뿐인 예술이 필요하다. 작품은 삶의 목적이나 의미도, 위안이 될 수도 없다. 창조하거나 창조하지 않는다고 해서 달라지는 것은 하나도 없다. 부조리한 창조자는 자신의 작품을 소중히 여기지 않는다. 작품을 거부할 수도 있다. 가끔은 실제로 거부하기도 한다. 랭보의 경우처럼 작품 대신 아비시니아(에티오피아의 옛 이름. 랭보는 시를 포기하고 이곳으로 떠났다-역주)만으로도 충분하기 때문이다.

동시에 여기서 하나의 미학적 규칙을 볼 수 있다. 진정한 예술 작품은 항상 인간이 정한 기준에 달려 있다. 진정한 작품은 본질적으로 '더 적게' 말하는 작품이다. 예술가의 총체적인 경험과 그 경험을 반영하는 작품 사이, 《빌헬름 마이스터의 수업시대

Wilhelm Meisters Lehrjahre》와 괴테의 성숙함 사이에는 일정한 관계가 있다. 작품이 설명 문학에서처럼 그 포장지에 경험 전체를 제공하는 것을 목표로 삼을 때 그 관계는 나쁜 것이다. 작품이 경험에서 잘라낸 한 조각, 내면의 광채를 고스란히 집대성하는 다이아몬드의 한 단면일 때 그 관계는 좋은 것이다. 첫 번째 경우에는 지나치게 군더더기가 많고 영원한 것을 향한 허세가 있다. 두 번째는 작가의 전체적인 경험이 압축되어 있기 때문에 작품이 풍성해지며, 그 풍요로움의 의미를 짐작할 수 있다. 부조리한 예술가에게 중요한 것은 요령을 초월하는 지혜를 습득하는 것이다. 그리고 결국 이러한 분위기에서 위대한 예술가는 무엇보다도 위대하게 살아가는 존재다. 여기서 살아간다는 것은 깊이 사유하는 것만큼이나 많이 느낀다는 의미로 해석된다. 그리하여 작품은 지성의 드라마를 구현한다. 부조리한 작품에서는 사고가 자기의 특권을 포기한 채, 겉모습만을 꾸며내고 이성이라고는 없는 이미지로 뒤덮는 지성일 뿐이라는 것을 보여준다. 세상이 명쾌하다면 예술은 존재하지 않을 것이다.

나는 지금 묘사만으로 놀라운 겸손을 뽐내는 형태나 색채의 예술을 말하는 것이 아니다.* 표현은 생각이 끝나는 곳에서 시작된다. 텅 빈 눈으로 사원과 박물관을 가득 채운 젊은이들, 그들

* 가장 지적인 유형의 미술, 그 본질적인 요소에서 현실을 축소하려 하는 미술은 궁극적으로 시각적 즐거움에 그칠 뿐이라는 사실은 흥미롭다. 이런 그림이 세상에서 가져온 것은 색채뿐이다(특히 프랑스 화가 페르낭 레제(Joseph Fernand Henri Lége)에게서 이런 성향이 두드러진다).

의 철학은 몸짓으로 표현된다. 부조리한 인간에게 이런 철학은 그 어떤 도서관보다 더 교육적이다. 다른 측면에서 보면 음악도 마찬가지다. 교훈이 없는 예술이 있다면 그것이 바로 음악이다. 음악은 수학과 너무 밀접하게 연관되어 있어서 그 무상성을 빌려왔다고 할 수밖에 없다. 확고하며 논리정연한 규칙의 틀 안에서 정신이 자신과 벌이는 이 게임은 우리에게 속해 있는 소리의 범위에서 일어나지만 그럼에도 그 진동은 비인간적인 세계로 뻗어나간다. 이보다 더 순수한 감동은 없을 것이다. 이런 사례를 들기는 너무나 쉽다. 부조리한 인간은 이러한 조화와 형태를 자신의 것으로 인식한다.

그러나 나는 여기서 설명하고 싶은 유혹이 가장 크고 환상이 저절로 드러나며 결론이 거의 불가피한 작품에 관해 이야기하고 싶다. 소설 창작을 말하는 것이다. 나는 부조리가 소설 속에서 스스로 잘 유지될 수 있을지의 여부를 생각해보려 한다.

*

생각한다는 것은 무엇보다 먼저 세계를 창조한다는 것이다(또는 자신의 세계를 제한한다는 것인데, 결국 같은 뜻이다). 생각한다는 것은 인간을 자신의 경험에서 분리하는 근본적인 불화에서 시작하여 자신의 향수에 따르는 합의의 영역을, 이성으로 구속하거나 유사성으로 조명되는 세계를 발견하는 것이다. 이는 어쨌든 견딜 수 없는 분리를 없앨 기회를 제공한다. 철학자는 칸트일지라도 창조자다. 그에게는 자신의 인물과 상징, 그리고 은밀한 행동이 있다. 스스로 짜놓은 결말도 있다. 반대로 시와 에세이에 비해 소설이 우위를 점하는 현상은 겉보기와는 예술이 더 합리성을 띠게 되었다는 사실을 반영할 뿐이다. 오해하지 말기 바란다. 나는 가장 위대한 작품들에 대해 말하는 것이다. 문학 장르의 풍부함과 중요성은 종종 그 장르 안에 포함된 쓰레기로 평가된다. 나쁜 소설이 많다고 해서 최고의 소설이 주는 가치를 잊어서는 안 된다. 최고의 소설은 그 안에 자기만의 세계를 품고 있다. 소설에는 저마다의 논리와 추론, 직관과 가설이 있다. 명료해야 한다는 필수적인 조건도 있다.*

앞에서 언급한 고전적 대립은 이 특별한 경우에서는 정당성이 더욱 떨어진다. 이 대립은 철학과 철학자를 분리하기 쉬웠던 시대에나 통용되었다. 사상적 보편성을 내세울 수 없게 된 요즘, 사상 최고의 역사가 수정의 역사가 된 이 시대에 우리는 가치 있는 체계는 저자와 분리될 수 없다는 것을 알고 있다. 스피노자의 《윤리학The Ethics》 자체도 이 한 가지 측면에서 보면 길고 합리적인 자기 고백에 불과하다. 추상적 사고는 마침내 육체라는 버팀목으로 되돌아온다. 그리고 이와 마찬가지로, 육체와 열정을 다

* 잠시 시간을 기울여 생각해보면, 이런 설명은 최악의 소설에 해당한다. 사람들 대부분은 자신이 어느 정도까지는 옳든 그르든 생각할 줄 안다고 여기고, 실제로 생각한다. 그런데 자신이 시인이나 언어의 예술가라는 환상을 품는 사람은 드물다. 하지만 생각이 문체를 압도하는 순간, 대중이 소설을 침범하고 말았다. 흔히 말하듯이 그렇게 엄청난 해악은 아니다. 최고의 소설은 소설 자체에 대한 더 큰 요구와 맞닥뜨리게 마련이다. 여기서 굴복하는 작품의 경우에는 살아남을 자격이 없다.

루는 소설 작품은 세계관의 요구 조건에 따라 조금 더 질서를 갖추게 된다. 이제 작가는 '이야기' 들려주기를 포기하고 자신의 세계를 창조한다. 위대한 소설가는 철학적 소설가이다. 즉, 뭔가를 증명해내려는 작가와는 정반대다. 그 예로 발자크, 사드, 멜빌, 스탕달, 도스토옙스키, 프루스트, 말로, 카프카 등이 있다.

그러나 사실 위대한 소설가들이 논리보다 이미지로 글을 쓰기를 선호하는 것은 그들 모두에게 공통적인 어떤 생각을 드러낸다. 설명의 원칙이 쓸모없다는 것을 확신하고 감각적 외관에 교육적 메시지가 있다고 굳게 믿는 것이다. 이들은 작품을 끝이자 시작으로 간주한다. 예술 작품은 종종 표현할 수 없는 철학의 결과이자 구체적인 사례인 동시에 그 정점이다. 그러나 작품은 이 철학의 숨겨진 뜻을 통해서만 완성된다. 작품은 오래된 주제의 변주에 마침내 정당성을 부여한다. 어설픈 생각은 이 주제를 삶과 멀어지게 하는 반면, 무르익은 생각은 이를 삶으로 되돌아오게 한다. 현실을 발전시키지 못하는 생각은 그저 현실을 모방하는 데 그칠 뿐이다. 문제가 되는 소설은 상대적이면서도 무한한 인식의 도구이며, 사랑의 인식과 아주 흡사하다. 소설 창조에는 사랑에서 느낄 수 있는 최초의 경이로움과 풍요로운 반추가 깃든다.

*

적어도 내가 소설 창조에서 처음 본 매력은 이런 것들이다. 굴욕적 사고의 왕자들에게서도 이와 같은 매력을 엿보았지만, 이후 그들의 자살을 목격하게 되었다.

나는 이들을 다시 환상이라는 흔한 길로 이끄는 힘을 알고 설명하는 데 관심이 있다. 결국 이번에도 지금까지와 같은 방법이 도움 될 것이다. 이미 이 방법을 활용했기 때문에 내 주장을 다시 설명하는 과정은 생략하고 특정 사례에서 이를 간단히 줄일 수 있게 되었다. 나는 구원에 호소하지 않는 삶을 받아들인 사람은 구원을 호소하지 않고도 일하고 창조할 수 있는지, 그리고 이러한 자유로 이어지는 길은 무엇인지 알고 싶다. 나의 세계를 환상으로부터 해방하고, 부정할 수 없는 그 존재를 인간적인 진실로만 채우고 싶다. 나는 부조리한 작품을 만들 수 있고, 다른 어떤 태도보다 창조적인 태도를 선택할 수 있다. 그러나 부조리한 태도를 유지하려면 반드시 그 무상성을 계속 의식해야 한다. 예술 작품에서도 마찬가지다. 부조리의 계명을 존중하지 않는다면, 작품에서 분리와 반항을 묘사하지 않는다면, 환상에 굴복하며 희망을 불러일으킨다면, 그 작품은 더 이상 무상성을 유지할 수 없다. 그렇게 되면 나는 더 이상 작품으로부터 나 자신을 분리할 수 없게 된다. 내 삶이 작품에서 의미를 찾는다 해도, 그 의미는 하찮을 것이다. 이런 작품은 삶의 화려함과 허무함을 장식하는, 분리와 열정의 실천일 수 없게 된다.

설명하려는 유혹이 가장 강한 창조의 세계에서 작가가 과연 유혹을 이겨낼 수 있을까? 현실 세계에 대한 의식이 가장 예리한 허구의 세계에서 판단하려는 욕망에 희생되지 않고 부조리에 계속 충실할 수 있을까? 마지막 노력을 쏟아 숙고해야 할 질문이 많다. 이 질문들이 무엇을 의미하는지는 이미 명확해졌을 것이다. 이는 최후의 환상을 위해 힘들게 얻은 최초의 교훈을 저버리기를 두려워하는 인식의 마지막 망설임이다. 부조리를 의식하는 사람이 취할 수 있는 태도 중 하나로 여겨지는 창조이기도 하다. 이와 같은 창조에 적용되는 것은 그에게 주어진 삶의 모든 스타일에도 적용된다. 정복자나 배우, 창조자나 돈 후안은 삶이라는 그들의 실천을 그 광기에 찬 성격을 의식해야만 지속할 수 있다는 사실을 잊을지 모른다. 사람은 너무 빨리 습관에 익숙해진다. 행복해지기 위해 돈을 버는 것인데, 온갖 노력과 삶의 최선을 바쳐 돈을 버는 데만 집중하게 되었다. 행복은 잊힌다. 수단이 목적으로 바뀐다. 마찬가지로 이 정복자의 노력 전체가 더욱 위대한 삶을 위한 수단에 불과했던 야심으로 바뀌어버렸다. 돈 후안 역시 자신의 운명에 굴복하고, 반항을 통해서만 고귀한 가치를 얻게 되는 삶에 만족할 것이다. 한 사람에게는 의식이, 다른 사람에게는 반항이 중요하다. 그런데 두 경우 모두에서 부조리가 사라져버렸다. 인간의 마음속은 꺾일 줄 모르는 희망으로 가득 차 있다. 가장 궁핍한 사람들은 종종 환상을 받아들이고 만다. 평화를 향한 욕구에서 생긴 이 동의는 정신적으로 실존적 동의와 유사하다. 이렇게 빛의 신과 진흙의 우상이 존재하게 된다. 그러나 인간의 얼굴로 이끄는 그 중간의 길을 찾아야만 한다.

우리는 부조리의 요구 조건이 실패하는 것을 보면서 부조리가 무엇인지 가장 잘 알게 되었다. 같은 방식으로, 소설에 대해 잘 알고 싶다면 소설 창작도 몇몇 철학에서처럼 모호성을 드러낼 수 있다는 것을 알아차리기만 해도 충분할 것이다. 따라서 나는 부조리의 의식을 뚜렷하게 드러나는 모든 것이 담겨 있으며, 출발점이 뚜렷하고 사조가 뚜렷한 작품을 사례로 선택했다. 작품의 결말에서 우리는 부조리에 대해 깨닫게 될 것이다. 작품 속에서 부조리가 존중되지 않는다면 어떤 방법을 통해 환상이 개입되는지도 알게 될 것이다. 그렇게 되면 구체적인 하나의 사례와 주제, 창조자의 충실성으로 충분할 것이다. 여기에는 앞서 더 자세하게 설명한 내용과 동일한 분석이 포함된다.

나는 도스토옙스키가 좋아하는 주제를 살펴보려 한다. 다른 작품을 다룰 수도 있었을 것이다.* 그러나 이 작품에서는 이미 논의한 실존 철학에서처럼 고귀함과 감정의 의미에서 문제가 직접적으로 다루어진다. 이러한 유사성이 내 목적에 이바지한다.

* 예를 들어, 말로의 작품이 있다. 그러나 말로의 작품을 다루려면 부조리한 생각을 피할 수 없는 사회적 질문을 동시에 다루어야 할 것이다(이 부조리한 생각에서 서로 다른 여러 해결책이 제시된다고 할지라도 말이다). 하지만 한 번에 한 작품으로 제한해야 한다.

키릴로프

도스토옙스키의 등장인물들은 하나같이 스스로 삶의 의미에 대해 질문을 던진다. 이런 면에서 그들은 근대적이다. 조롱을 두려워하지 않는다. 근대적 감수성과 고전적 감수성을 구별하는 기준으로 후자는 도덕적 문제에, 전자는 형이상학적 문제에 초점을 맞춘다는 점을 들 수 있다. 도스토옙스키의 소설에서는 문제가 극단적인 해결책만을 유도할 수 있을 정도로 강렬하게 제시된다. 삶은 환상에 불과한가, 아니면 영원한가? 도스토옙스키가 이러한 탐구에만 만족했다면 그는 철학자가 되었을 것이다. 그러나 그는 이와 같은 정신적 유희가 인간의 삶에 가져오게 될 결과를 보여주며, 이런 점에서 예술가라 할 수 있다. 이러한 결과 중 특히 그의 관심을 끈 것은 마지막 결과로, 그는 자신이 쓴《작가의 일기Diary of a Writer》에서 이를 논리적 자살이라고 불렀다. 1876년 12월의 일기에서 그는 실제로 '논리적 자살'의 추론을 상상한다. 불멸을 믿지 않는 사람에게 인간 존재는 오로지 부조리일 뿐이라고 확신한 채 절망에 빠진 사람은 다음과 같은 결론에

도달한다.

"행복에 대해 스스로 질문하고 난 다음, 내 의식을 통해 내가 이해할 수 없고 결코 이해하지 못할 거대한 전부와 조화를 이루지 않으면 행복할 수 없다는 답을 들었다. 분명한 사실은……."

"결국 상황이 이렇다 보니 원고와 변호인, 피고와 재판관의 역할을 한꺼번에 맡게 되었는데, 나는 자연이 벌이는 이 희극이 완전히 어리석다고 보며, 심지어 내가 그 역할을 연기해야 한다는 것이 굴욕적이라고 생각하기 때문에……."

"원고이며 변호사, 재판관이자 피고의 명백한 자격으로, 그토록 뻔뻔하고 대담하게 나를 태어나게 하고 이런 고통 속에 몰아넣은 자연을 비난한다. 자연이 나와 함께 소멸할 것을 선고하는 바다."

위와 같은 입장에는 약간의 유머가 섞여 있다. 이 경우에 그는 형이상학적인 차원에서 괴로운 나머지 자살한 것이다. 어떤 면에서 그는 자신의 복수를 하는 셈이다. 이것은 그가 '가만히 있지만은 않겠다'라고 그가 증명하는 방법이다. 그러나 《악령》 속에서도 동일한 주제가 가장 놀라운 일반성을 갖춘 방식으로 구현된다. 작품의 주인공 키릴로프는 논리적인 자살을 옹호하는 인물이다. 건축 기사 키릴로프는 '자신의 생각'이기 때문에 스스로 목숨을 끊고 싶다고 어딘가에서 선언한다. 물론 이 단어는 적절한 맥락을 고려하여 해석해야 한다. 그가 죽음을 준비하고 이유는 하나의 관념, 하나의 생각을 위한 것이다. 이것은 고차원적인 자살이다. 키릴로프의 가면이 서서히 드러나는 일련의 장면에서 그를 이끄는 치명적인 생각이 점차 우리에게 밝혀진다. 실제로 건축 기사 키릴로프는《작가의 일기》에서의 논증 방식으로 되돌아간다. 그는 신이 필요하며, 반드시 존재해야 한다고 생각한다. 그러나 그는 신이 존재하지 않고, 그럴 수도 없다는 것을 알고 있다. "이것이 자살의 충분한 이유임을 왜 깨닫지 못하는가?"라고 그는 외친다. 이러한 태도는 그 자신에게서도 몇 가지 부조리한 결론을 빚어낸다. 그는 자신이 경멸하는 명분을 위해 자신의 자살이 이용되는 것을 대수롭지 않게 받아들인다. "어젯밤 나는 상관하지 않겠다고 결심했다." 그리고 마침내 그는 반항심과 해방감이 뒤섞인 채로 자살을 준비한다. "나의 불복종, 나의 새롭고도 두려운 자유를 주장하기 위해 스스로 목숨을 끊겠다." 이는 더 이상 복수의 문제가 아니라 반항의 문제다. 결과적으로 키릴로프는 부조리한 인물이다. 그가 자살한다는 점에서 판단을 유보할 여지가 있기는 하다. 그러나 그는 스스로 이 모순을 설명하는 동시에, 부조리의 비밀을 있는 그대로 드러낸다. 사실, 그는 자신의 치명적인 논리에 특별한 야망을 보탠다. 신이 되기 위해 자살하고 싶다는 것이다. 이로써 키릴로프라는 인물을 온전히 파악할 수 있다.

이 추론은 그 명료성으로 보아 고전적이다. 만약 신이 존재하지 않는다면 키릴로프는 신이다. 신이 존재하지 않는다면 키릴로프는 자살해야 한다. 따라서 키릴로프는 신이 되기 위해 자살해야 한다. 부조리하지만 필요한 논리다. 그러나 흥미로운 점은 지상에 내려온 이 신성에 어떤 의미를 부여할까 하는 것이다. 그것은 여전히 모호한 상태로 남아 있는 "신이 존재하지 않는다면 내가 신이다"라는 그의 전제를 명확히 하는 문제와 관련이 있다. 우선 이 터무니없는 주장을 과시하는 사람이 실제로 이 세상 사람이라는 점에 주목하는 것이 중요하다. 그는 건강을 지키기 위해 매일 아침 운동을 한다. 아내를 되찾은 샤토프의 기쁨에도 감동한다. 그는 죽은 후 발견될 종이에 '그들'을 향해 혀를 내밀고 있는 얼굴을 그리고 싶어 한다. 유치하고 난폭하며, 열정적이면서도 논리적이고 예민하다. 그에게는 초인다운 점은 논리와 고정관념뿐이지만, 그 밖에는 어느 모로 보나 평범한 인간이다. 그러나 자신의 신성에 대해 차분하게 말하는 사람이 바로 그다. 그는 미치지 않았다. 아니면 도스토옙스키가 미쳤을 것이다. 따라서 그를 부추기는 것은 과대망상증 환자의 환상이 아니다. 그리고 이 경우, 그가 하는 말을 문자 그대로 받아들인다면 어처구니없는 일이 될 것이다.

키릴로프 자신이 우리가 그를 이해하는 데 앞장선다. 스타브로긴의 질문에 대답하면서 그는 자신이 인간이며, 신에 대해 말하는 것이 아님을 분명히 밝힌다. 이를 예수와 자신을 구별하려는 뜻으로 한 발언으로 볼 수도 있다. 그러나 실제로 그는 그리스도를 인간에 포함하려 한다. 키릴로프는 사실 예수가 세상을 떠났을 때 천국에 돌아가지 못했다고 잠시 상상한다. 그는 그때 그의 고통이 무용하다는 사실을 알았다. "자연의 법칙은 그리스도를 거짓 가운데 살게 하고 거짓을 위해 죽게 만들었다"고 그는 말한다. 이런 의미에서 예수는 진정으로 인간의 드라마를 온전히 구현하고 있다. 그는 가장 부조리한 상태를 실현했다는 점에서 완전한 인간이다. 신이면서 인간이 아니라 인간이면서 신이다. 그리고 예수처럼 우리 각자는 십자가에 못 박히고 희생될 수 있다. 어느 정도까지는 그렇다.

그러므로 여기서 문제의 신성은 전적으로 지상의 신성이다. 키릴로프는 말한다. "삼 년 동안 나는 내 신성의 속성을 찾아 헤맸는데, 마침내 그것을 발견했다. 내 신성의 속성은 독립성이다."

이제 키릴로프의 전제가 어떤 의미인지 알 수 있다. "신이 존재하지 않는다면 내가 신이다." 신이 된다는 것은 오직 이 땅에서 자유로워지는 것이며, 어떤 불멸의 존재도 섬기지 않는 것이다. 물론 무엇보다 그 고통스러운 독립에서 모든 추론을 끌어내는 것이기도 하다. 신이 존재한다면 모든 것은 신에게 달려 있고, 우리는 신의 뜻에 반하는 어떤 일도 할 수 없다. 신이 존재하지 않는다면 모든 것은 우리에게 달려 있다. 니체에게도 그랬듯이, 키릴로프에게 신을 죽인다는 것은 그 자신이 신이 되는 것이다, 복음에서 말하는 영원한 삶을 이 땅에서 실현하는 것이다.* 그러나 이 형이상학적인 범죄로 인간이 완성되기에 충분하다면 구태여 왜 자살이 필요할까? 자유를 얻은 후에 왜 스스로 목숨을 끊고 이 세상을 떠나야 할까? 이 부분이 모순이다. 키릴로프는 이 점을 잘 알고 있고, 이렇게 덧붙인다. "그렇게 느낀다면 당신은

* 스타브로긴: 저 세상에서의 영생을 믿나요? 키릴로프: 아니요. 하지만 이 세상에서의 영생은 믿습니다.

황제이며, 자살과는 거리가 먼 영광에 파묻혀 살 것이다." 그러나 일반적으로 사람들은 이 부분을 잘 알지 못한다. '그렇게' 느끼지 못한다. 프로메테우스 시대에서처럼 그들은 맹목적인 희망을 품는다.* 누군가 길을 보여주길 바라며, 설교 없이는 살아갈 수 없다. 따라서 키릴로프는 인류에 대한 사랑 때문에 자살해야 한다. 형제들에게 자신이 처음으로 걸어가야 할 명예롭고도 어려운 길을 보여줘야 한다. 따라서 그의 자살은 교육적인 자살이다. 키릴로프는 자신을 희생한다. 그러나 십자가에 못 박히더라도 그는 희생되지 않을 것이다. 그는 미래가 없는 죽음을 확신하고, 복음주의적 우울에 휩싸인 채 인간이자 신으로 남아 있다. 그는 말한다. "나는 자유를 주장해야만 하기 때문에 불행하다."

하지만 그가 죽고 나서 사람들이 마침내 깨달음을 얻으면 이 땅은 황제들로 가득 차고 인간의 영광으로 빛날 것이다. 키릴로프가 권총을 쏜 사건은 마지막 혁명의 신호탄이 될 것이다. 따라서 그를 죽음으로 이끈 것은 절망이 아니라 이웃을 향한 사랑이다. 형언할 수 없는 정신적인 모험을 피로써 끝내기 전, 키릴로프는 인간의 고통만큼이나 오래된 말을 남긴다. "모든 것이 잘되었다."

도스토옙스키에게 자살이라는 주제는 참으로 부조리하다. 계속 더 논리를 진행하기 전에 키릴로프는 다른 인물들에게서 부

* 인간은 그저 자살하지 않기 위해 신을 발명한 것이다. 이는 지금까지의 보편적인 역사를 요약한 발언이다.

조리한 주제를 다룰 때도 재차 등장한다는 점을 밝혀둔다. 스타브로긴과 이반 카라마조프는 실생활에서 부조리한 진리를 실천한다. 이들은 키릴로프의 죽음으로 해방된 사람들이다. 그들은 황제가 되려고 시도한다. 스타브로긴은 '역설적인' 삶을 살고 있으며, 우리는 이런 삶이 어떤지 잘 알고 있다. 그는 주변의 증오를 불러일으킨다. 그러나 이 등장인물의 비밀을 푸는 열쇠는 그의 유서에서 찾을 수 있다. "나는 그 무엇도 혐오할 수 없었다." 그는 무관심한 황제다. 이반 역시 고귀한 정신의 권력을 포기하지 않았다. 그의 형제처럼 믿기 위해서는 자신을 낮추는 자세가 필수적이라는 것을 삶으로 증명한 사람들에게 그는 그런 조건은 치욕스럽다고 대답할지도 모른다. 그를 설명해주는 핵심 단어는 적당히 음울한 색채가 가미된 '모든 것이 허용된다'이다. 물론 신을 죽인 자 중 가장 유명한 니체처럼 그는 광기로 끝을 맺는다. 그러나 이런 위험은 감수할 가치가 있으며, 이처럼 비극적인 결말에 직면했을 때 부조리한 정신에서 비롯되는 본질적인 반응은 "이것이 무엇을 증명하는가?"라고 묻는 것이다.

*

따라서 도스토옙스키의 소설은 《작가의 일기》와 마찬가지로 부조리의 문제를 제기한다. 그들은 죽음과 열렬한 기쁨, '끔찍한' 자유, 인간이 된 황제의 영광에 이르는 논리를 구축한다. 모든 것이 잘됐고, 모든 것이 허용되며, 어떤 것도 혐오스럽지 않다. 이런 것이야말로 부조리한 판단이다. 그런데도 이 불과 얼음의 피조물이 우리에게 이토록 친숙히 다가오다니 창조의 세계는 얼마나 놀라운가! 그들의 마음속에서 울려 퍼지는 열정과 무관심의 세계는 우리에게 전혀 괴물처럼 느껴지지 않는다. 우리는 그 안에서 우리의 일상적인 불안을 인식한다. 그리고 아마도 도스토옙스키만큼 부조리한 세계에 친숙하고도 고통스러운 매력을 부여한 사람은 없을 것이다.

그런데 그의 결론은 무엇일까? 두 개의 인용문에서는 작가를 다른 계시로 이끄는 완전히 형이상학적인 반전을 보여준다. 논리적 자살을 저지른 사람의 주장이 비평가들의 항의를 불러일으키자, 도스토옙스키는 《작가의 일기》 다음 권에서 그의 입장을 강화하며 이렇게 결론을 내린다. "불멸에 대한 믿음이 인간에게 그토록 필요하다면 (그 믿음 없이는 자살하는 지경에 이르게 된다면), 이는 분명 그 믿음이 인류의 일반적인 상태라는 뜻이다. 그렇다면 인간 영혼의 불멸성은 의심의 여지 없이 존재한다." 그리고 그가 쓴 최후의 소설 마지막 페이지에서 신과의 거대한 전투가 끝날 무렵, 어떤 아이들이 알료샤에게 묻는다. "카라마조프, 종교에서는 우리가 죽은 이들 가운데서 부활하고 서로 다시 만날 수 있다고 하던데 그게 정말인가요?" 그러자 알료샤가 대답한다. "분명 우리는 다시 만날 거고, 그동안 어떤 일이 있었는지 서로 즐겁게 이야기할 거란다."

따라서 키릴로프와 스타브로긴, 이반은 패배한다. 《카라마조프의 형제들The Brothers Karamazov》은 《악령》에게 대답한다. 그리고 이것이 진정한 결론이다. 알료샤의 경우는 무슈킨 공작(도스토옙스키의 소설《백치Idiot》의 주인공-역주)의 경우처럼 모호하지 않다. 무슈킨은 미소와 무관심으로 물든 영원한 현재에서 살아간다. 이 축복받은 상태가 공작이 말하는 영원한 삶일 수도 있다. 반대로 알료샤는 명확하게 말한다. "우리는 다시 만날 것이다." 더 이상 자살과 광기에 대한 의문은 존재하지 않는다. 불멸과 그 기쁨을 확신하는 사람에게 이런 의문이 무슨 소용이겠는가? 인간은 자신의 신성을 행복과 맞바꾼다. "우리는 그동안 어떤 일이 있었는지 전부 서로에게 즐겁게 이야기할 거란다." 키릴로프의 권총 소리가 러시아의 어딘가에서 울려 퍼졌어도, 이렇게 다시 세상은 맹목적인 희망을 계속 소중히 여겼다. 사람들은 '그것'을 깨닫지 못한 것이다.

결과적으로 우리에게 말을 거는 사람은 부조리한 소설가가 아니라 실존주의적인 소설가다. 여기에서도 비약은 감동적이며, 비약을 불러일으키는 예술에 고귀함을 부여한다. 우리를 감동시키는 동의이며, 의심으로 가득 차 있고 불확실하며 열정적이다. 도스토옙스키는《카라마조프의 형제들》를 언급하며 이렇게 썼다. "이 책 전반을 통해 추구할 가장 중요한 질문은 내가 평생 의식적으로나 무의식적으로 고민했던 바로 그 질문, 즉 신의 존재다." 한 편의 소설이 평생 해온 고민을 즐거운 확신으로 바꾸기에 충분했다고 믿기는 어렵다. 한 평론가*는 이 점을 정확히 지

* 보리스 드 슐뢰제(Boris de Schloezer)

적했다. 도스토옙스키는 이반의 편에 서 있다. 그래서 긍정적인 대목을 쓰는 데는 3개월의 노력이 필요했지만 '신성 모독'에 대한 부분은 완전히 몰입한 상태에서 3주 만에 썼다고 한다. 그의 등장인물 중 몸에 가시가 박히지 않은 사람은 아무도 없으며, 그리하여 아픔에 시달리지 않는 사람, 그 아픔에 대한 치료법을 감각이나 부도덕함에서 구하려 하지 않는 사람도 없다.* 어찌 되었든 이 의심에 대해 살펴보기로 하자. 여기 한낮의 빛보다 더 강렬한 빛 속에서 희망을 찾아 나서는 인생의 투쟁을 포착할 수 있는 작품이 있다. 마지막에 도달한 창조자는 자신의 등장인물들을 고통스럽게 하는 선택을 한다. 이 모순을 통해 우리는 미묘한 차이를 알 수 있다. 지금 이야기하는 작품은 부조리한 작품이 아니라, 부조리의 문제를 제기하는 작품이다.

도스토옙스키의 대답은 굴욕, 스타브로긴에 따르면, 즉 '수치심'이다. 반대로 진정 부조리한 작품은 대답을 제공하지 않으며, 이것이 바로 둘 사이의 차이점이다. 마지막으로 주의를 기울여야 할 점이 있다. 이 부조리한 작품에서 부조리와 모순되는 것은 기독교적인 성격이 아니다. 작품에서 내세를 선포하기 때문이다. 기독교인이면서도 부조리할 수 있다. 미래의 삶을 믿지 않는 기독교인의 사례는 얼마든지 있다. 예술 작품과 관련하여 앞부분에서 예상할 수 있었던 부조리한 분석의 방향 중 하나를 명확히 제

* 지드는 흥미롭고도 날카로운 발언을 했다. 도스토옙스키의 주인공들은 거의 일부다처다.

시할 수 있을 것이다. 이는 결국 '복음의 부조리성'을 제기하는 것으로 이어진다. 그리하여 논란의 소지가 다분한 생각이 주목받게 된다. 신념이 있다고 해서 불신을 막지는 못한다. 이와는 반대로, 《악령》의 저자는 이러한 길에 익숙하면서도 결론으로 완전히 다른 길을 택했음을 쉽게 알아차릴 수 있다. 창조자가 자신의 인물에게, 즉 도스토옙스키가 키릴로프에게 보낸 놀라운 대답은 실제로 다음과 같이 요약할 수 있다. 존재는 허망한 것이다. 그러나 그것은 영원하다.

내일 없는 창조

그러므로 이 시점에서 나는 희망은 영원히 피할 수 없으며, 희망에서 벗어나고 싶었던 사람들조차 희망에 사로잡힐 수 있다는 것을 알게 되었다. 이것이 지금까지 논의한 작품들에서 내가 발견한 관심사다. 적어도 창조의 영역에서만큼은 진정 부조리한 작품들을 나열할 수도 있을 것이다.* 하지만 모든 일에는 반드시 시작이 있다. 이 탐구의 목적은 어떤 충실성에 있다. 교회가 이단자를 무척이나 가혹하게 대하는 이유는 길을 잃은 자식보다 더 나쁜 적은 없다고 생각했기 때문이다. 그러나 그노시스파(헬레니즘 시대에 유행한 종파로, 유대교, 동방의 종교, 기독교, 점성학과 그리스 및 이집트의 다양한 철학이 혼합되어 만들어졌다-역주)가 자행한 뻔뻔한 주장과 마니교파(페르시아 왕국에서 마니가 창시한 고유의 이원론적 종교-역주)의 끈질긴 흐름은 그 어떤 기도보다 정통 교리를 구축하는 데 더 큰 기여를 했다. 정도의 차이가 있기는 하지만, 부조리

* 예를 들어, 멜빌의 《모비딕(Moby Dick)》이 있다.

에서도 이런 결과가 나왔다고 할 수 있다. 우리는 부조리의 길에서 벗어난 길을 발견함으로써 부조리의 길을 찾아낸다. 부조리한 추론의 결론에 이르러 부조리의 논리에 좌우되는 태도 중 하나에서 가장 감동적인 모습으로 되돌아오는 희망을 발견하는 것은 무심하게 지나칠 일이 아니다. 이는 부조리한 고행의 길이 얼마나 어려운지 보여준다. 무엇보다도 끊임없는 경각심이 필요하다는 점을 보여줌으로써 이 글의 전체적인 방향을 확인시킨다.

그러나 부조리한 작품을 나열하기에 아직 이르다 해도, 적어도 부조리한 존재를 완성하는 태도 중 하나인 창조적 태도에 대해서만큼은 결론을 내릴 수 있을 것이다. 예술은 오직 부정적인 생각을 통해 온전히 이해할 수 있다. 부정적 사고의 어둡고 수치스러운 과정은 검은색이 흰색에 필요한 것만큼이나 위대한 작품을 이해하는 데 필요하다. '아무 목적 없이' 일하고 창조하는 것, 흙으로 조각하는 것, 자신의 창조물에 미래가 없음을 아는 것, 자신의 작품이 하루 만에 파괴되는 모습을 보면서 근본적으로 이 작품이 수 세기 동안 건축해온 결과물 못지않게 중요하지 않음을 의식하는 것, 이런 것들이 부조리한 생각으로 얻을 수 있는 까다로운 지혜다. 한편으로는 부정하고 다른 한편으로는 찬미하는 두 가지 작업을 동시에 수행하는 것이 부조리한 창조자에게 열려 있는 길이다. 그는 공허에 자기의 색채를 부여해야 한다.

이 논의는 예술 작품의 특별한 개념으로 이어진다. 사람들은 창조자의 작품을 너무 자주 일련의 고립된 증언으로 간주하곤 한다. 따라서 예술가와 문필가는 서로 혼동된다. 심오한 사상은 끊임없는 되어감의 상태에 있다. 삶의 경험을 받아들이고 그 형태를 취한다. 이와 마찬가지로 한 사람의 유일한 창조물은 그 연속적이고 다양한 측면, 즉 그의 작품 속에서 더욱 굳건해진다. 여러 작품이 서로를 보완하고, 서로 수정하거나 앞서나가고, 모순되기도 한다. 무언가가 창조를 끝내게 한다면, 그것은 눈이 먼 예술가의 "나는 할 말을 다 했어"라는 자신만만하고 공허한 외침이 아니라, 그의 경험과 천재적인 책을 마감하는 창조자의 죽음일 것이다.

그 노력, 그 초인적인 의식이 독자에게 반드시 분명하게 드러나지는 않는다. 인간의 창조 과정에는 수수께끼가 없다. 의지로 창조라는 기적을 행하는 것이다. 그러나 적어도 진정한 창조에는 비밀이 존재한다. 확실히 일련의 작품은 같은 생각을 품은 일련의 비슷한 형태에 불과할 수 있다. 그러나 병치를 통해 작업하는 또 다른 유형의 창조자를 상상해볼 수도 있다. 이들의 작품에 아무런 관련이 없어 보일 수 있다. 어떤 면에서는 모순적이기까지 하다.

그러나 전부 한꺼번에 보면 자연스럽게 한 집단으로 묶인다. 예를 들자면, 이 작품들은 죽음으로부터 결정적인 의미를 이끌어낸다. 작가의 생애 자체에서 가장 뚜렷한 빛을 받는다. 작가가 죽음을 맞이하는 순간, 그의 작품들은 실패의 연속에 지나지 않게 된다. 그러나 그 실패에 전부 같은 울림이 있다면 창작자는 자기 자신의 조건이라는 이미지를 반복하여 자신에게 있는 불모의 비밀을 울려 퍼지게 할 수 있다.

여기서도 지배하려는 노력은 상당하다. 그러나 인간의 지성으로는 이보다 훨씬 더 많은 일을 할 수 있다. 지성은 단지 창조의 자발적인 측면을 분명하게 드러낼 뿐이다. 다른 곳에서 나는 인간의 의지에는 의식을 유지하는 것 외에는 다른 목적이 없다는 사실을 언급했다. 그러나 의식을 유지하는 것은 규율 없이는 불가능하다. 인내와 명철함을 배울 수 있는 모든 경로 중에서 창조가 가장 효과적이다. 창조는 또한 인간에게만 있는 존엄성의 경이로운 증거이다. 자신의 조건에 맞서는 끈질긴 반항이자, 아무 성과가 없을 줄 알면서도 노력하며 계속 인내하는 일이기도 하다. 창조에는 매일의 노력과 자기 절제, 진실의 한계에 대한 정확한 추정, 절도와 힘이 필요하다. 창조는 금욕을 통해 이루어진다. 반복하고 제자리걸음을 하기 위해 '아무 목적 없이' 이 모든 노력을 한다. 그러나 위대한 예술 작품은 작품 그 자체보다, 작품이 인간에게 요구하는 시련 속에, 그리고 인간이 환상을 극복하고 적나라한 현실에 조금 더 가까이 다가가는 기회를 제공한다는 점에서 더 중요할지도 모른다.

*

미학적인 측면에서 오해가 없길 바란다. 나는 여기서 어떤 주장을 줄기차게 내세우거나 아무 성과가 없는 줄 알면서 설명을 늘어놓으려는 것이 아니다. 내가 내 뜻을 제대로 전달했는지는 모르지만, 실제로는 그 반대다. 경향 소설, 즉 무언가를 증명하려는 작품, 모든 작품 중에서 가장 경멸스러운 작품은 거들먹거리는 생각에서 가장 자주 영감을 얻는다. 자신이 소유하고 있다고 확신하는 진실을 증명하려 한다. 그러나 이때 작동하는 것은 관념이며, 관념은 생각과 반대되는 것이다. 이런 창조자는 자신을 부끄러워하는 철학자다. 내가 언급하려는, 혹은 상상하는 창조자는 이와는 반대로 명철한 사상가다. 생각이 스스로 되돌아보게 되는 어떤 지점에서 창조자는 제한적이고 반드시 소멸하며 반항적인 생각의 명백한 상징과도 같은 작품의 이미지를 제시한다.

이런 작품은 아마도 무언가를 증명할 것이다. 그러나 소설가들은 일반적으로 그 증거를 일반적으로 세상을 위해서가 아니라 자기 자신을 위해 제공한다. 핵심은 소설가들이 구체적인 것에서 승리해야 하며, 이것이 그들의 고귀함을 이룬다는 점이다. 이 전적으로 육체적인 승리는 추상적인 권력이 굴욕을 당하게 하는 사고에 따라 소설가들을 위해 준비되었다. 이처럼 추상적인 권력이 굴욕을 당함과 동시에, 육체는 피조물을 온갖 부조리한 광택으로 빛나게 한다. 결국 역설적인 철학이 열정적인 작품을 만들어낸다.

통일성을 저버리는 생각은 무엇이든 다양성을 미화한다. 그리고 다양성은 예술의 고향이다. 정신을 자유롭게 하는 유일한 생각은 자신의 한계와 곧 다가올 종말을 확신하는 정신을 그대로 놔두는 생각뿐이다. 그 어떤 교리도 이런 생각을 유혹하지 못한다. 정신은 작품과 삶이 무르익기를 기다린다. 이런 생각에서 분리되면 작품은 영혼의 희미한 목소리를 간신히 들려줄 것이다. 영원히 희망에서 해방된 목소리다. 혹은 창조자가 자신의 활동에 지친 나머지 외면하려고 할 때 영혼에서는 아무 목소리도 들려주지 않을 것이다. 그것은 매한가지다.

*

따라서 나는 내가 사고에 요청했던 것, 즉 반항과 자유, 다양성을 부조리한 창조에 요구한다. 나중에 부조리한 창조는 그 자체의 철저한 무용함을 드러낼 것이다. 지성과 열정이 뒤섞이고 서로를 즐겁게 하는 매일의 노력 속에서 부조리한 인간은 자신의 가장 큰 강점이 될 규율을 발견할 것이다. 규율에 필요한 부지런함과 끈질김, 명철함은 정복자의 태도와 닮았다. 창조한다는 것은 정복하는 것과 마찬가지로 한 사람의 운명에 형태를 부여하는 것이다. 이 모든 등장인물의 경우에, 그들의 작품은 적어도 그들에 의해 정의되는 것 못지않게 그들을 정의한다. 배우는 우리에게 이 점을 가르쳐준다. 겉으로 드러난 모습과 실제 모습 사이에는 경계가 없다.

한 번 더 반복하겠다. 이 모든 것에는 현실적인 의미가 없다. 자유를 향하는 여정에서 아직 더 많은 발전이 이루어져야 한다. 창조자든 정복자든, 이와 관련된 정신이 마지막으로 노력할 일은 그들의 작업에서 스스로 자유로워지려 하는 것이다. 정복에서든 사랑에서든 창조에서든, 작품 자체가 존재하지 않을 수도 있다는 것을 인정해야 한다. 그리하여 모든 개별적인 삶의 근본적인 무의미함을 완성한다. 실제로 정신이 삶의 부조리함을 깨닫게 되면 지나칠 만큼 깊이 그 삶으로 파고들면서 작품을 실현하는 데 더 많은 자유를 얻게 된다.

남은 것은 운명뿐이다. 그리고 그 결과는 돌이킬 수 없다. 죽음이라는 단 하나의 숙명 외에는 기쁨이든 행복이든 모든 것이 자유다. 인간만이 유일한 주인인 세상이 남는다. 그를 옭아매는 것은 다른 세계를 향한 환상이었다. 그는 생각의 끝에 더 이상 포기하지 않게 된다. 그리고 이미지를 통해 한층 더 도약한다. 이 도약은 물론 신화 속에서 활개를 친다. 인간적인 고통의 깊이 외에는 다른 깊이가 없으며, 그 고통처럼 끝이 없는 신화 속에서다. 우리를 재미있게 하고 눈을 멀게 하는 신성한 우화가 아니라, 깨닫기 어려운 지혜와 덧없는 열정이 요약된 지상의 얼굴이자, 몸짓, 드라마에서 말이다.

시지프 신화

신들은 시지프에게 산꼭대기까지 끊임없이 바위를 굴려 올리는 형벌을 내렸다. 바위는 정상에 오르고 나면 제 무게를 못 이겨 어김없이 다시 굴러떨어졌다. 신들은 무익하고 절망적인 노동보다 더 무서운 형벌은 없다고 생각했는데, 충분히 일리가 있는 생각이다.

호메로스의 말대로라면 시지프는 무척 현명하고 신중한 사람이었다. 그러나 또 다른 설화에 따르면 그는 강도로 활동했다고 한다. 나는 여기에 아무런 모순이 없다고 본다. 그가 지하 세계의 쓸모없는 노동을 하게 된 이유에 대해서는 의견이 분분하다. 우선 그는 신들을 경솔하게 대했다는 비난을 샀다. 그는 신들의 비밀을 훔쳤다. 강의 신 아소포스의 딸인 아이기나는 제우스에게 납치되었다. 아버지는 딸의 실종에 충격을 받고 시지프에게 하소연했다. 납치 사건에 대해 잘 알고 있던 그는 코린투스에 물을 대준다는 조건으로 아소포스에게 이 사건에 대해 자세히 알려주겠다고 제안했다. 그는 하늘에서 벼락이 떨어지는 한이 있더라도 물의 은혜를 받고 싶었다. 그래서 지하 세계에서 벌을 받게 되었다. 호메로스는 또한 시지프가 죽음의 신을 사슬에 묶어놓았다고 이야기한다. 지옥의 신 플루톤은 자신의 황폐하고 고요하기만 한 제국을 보자 견딜 수가 없었다. 그는 전쟁의 신을 파견하여 죽음의 신을 시지프의 손에서 해방했다.

죽음을 앞둔 시지프는 경솔하게 아내의 사랑을 시험하려 했다고도 전해진다. 그는 아내에게 그의 시신을 땅에 묻지 말고 광장 한가운데에 던져달라고 했다. 시지프는 지하 세계에서 깨어났다. 그리고 그곳에서 인간적인 사랑과는 무척 대조적인, 아내의 순종적인 태도에 짜증이 난 그는 플루토에게서 아내를 벌하기 위해 지상으로 돌아가게 해달라는 허락을 받아냈다. 그러나 이 세상의 얼굴을 다시 보고 물과 태양, 따뜻한 돌과 바다를 즐기고 나자 그는 지옥 속 어둠으로 돌아가고 싶지 않았다. 여러 번의 호출과 분노의 징후, 경고도 아무 소용 없었다. 그는 만의 부드러운 곡선과 반짝이는 바다, 대지의 미소를 바라보며 한참을 더 살았다. 신들의 제재가 필요했다. 헤르메스가 와서 이 뻔뻔스러운 남자의 목덜미를 붙잡아 그의 기쁨을 빼앗고는 그를 강제로 지옥으로 데려갔다. 그곳에는 그의 바위가 준비되어 있었다.

이미 시지프가 부조리한 영웅임을 알았을 것이다. 자신의 고뇌만큼이나 열정을 통해서도 그는 부조리한 모습을 보여준다. 신을 향한 경멸, 죽음을 향한 증오, 삶을 향한 열정 때문에 그는 말로 다할 수 없는 형벌을 받게 되었다. 아무런 대가도 얻지 못하는 노동에 그의 존재 전체를 바쳐야 했다. 이 형벌이 지상을 향한 열정 때문에 치러야 하는 대가였다. 지옥의 시지프에 대해서는 알려진 바가 없다. 신화는 상상력으로 숨결을 불어 넣기 위해 창조되는 것이나 다름없다. 시지프가 등장하는 신화 속에서 우리는 거대한 돌을 들어 끊임없이 산비탈로 굴려 올리기 위해 온 힘을 다하는 육체의 노력을 본다. 얼굴은 일그러지고, 뺨은 바위에 바짝 갖다 대고, 어깨로는 진흙으로 뒤덮인 돌덩어리를 지탱하고, 발로는 어깨를 고정한다. 쭉 뻗어 다시 바위를 받아 드는 팔, 흙투성이가 된 두 손에서 온전히 인간적인 안정감이 엿보인다. 하늘을 볼 수 없는 공간과 깊이를 알 수 없는 시간으로 측정되는 기나긴 노력의 끝에서 목적이 달성된다. 그리고 시지프는 잠시 후 더 낮은 세계를 향해 바위가 순식간에 굴러떨어지는 모습을 지켜본다. 돌이 내려간 자리에서 그는 다시 정상까지 돌을 밀어 올려야 한다. 그는 또다시 평원으로 내려간다.

나는 그 순간, 그 멈춤의 순간 때문에 시지프에게 흥미가 생긴다. 바위에 바짝 갖다 댄 채 그토록 괴로워하는 얼굴은 이미 바위 그 자체다! 결코 끝을 알 수 없는 고통을 향해 무거우나 신중한 발걸음으로 다시 내려가는 그 남자를 본다. 숨결과도 같고, 그의 고통만큼이나 확실하게 되돌아오는 그 시간이 바로 의식의 시간이다. 높은 곳을 떠나 신들의 은신처를 향해 서서히 가라앉는 그 순간마다 그는 자신의 운명보다 더 우월하다. 자신의 바위보다 더 굳건하다.

이 신화가 비극이라면 그 이유는 주인공이 의식적이기 때문이다. 걸음을 옮길 때마다 성공에 대한 희망이 그를 지탱했다면 과연 그에게 고통이란 게 존재했을까? 오늘날의 노동자는 날마다 똑같은 업무를 하고 있는데, 이런 운명 역시 시지프의 운명 못지않게 부조리하다. 하지만 이 운명은 노동자가 의식하는 몇몇 드문 순간에만 비극적이다. 신들의 무력하고 반항적인 프롤레타리아 시지프는 자신의 비참한 상태를 낱낱이 알고 있다. 그는 산에서 내려가는 동안 자신의 이런 조건에 대해 생각한다. 그에게 고통을 가져다주는 이 명철함이 동시에 그의 승리를 장식할 것이다. 경멸로 극복할 수 없는 운명은 없다.

*

시지프는 내려가는 길에 주로 고통에 잠겨 있지만, 기쁨을 느낄 수도 있다. 이런 말은 아무리 해도 지나치지 않다. 다시 시지프가 바위를 향해 돌아가는 모습을 상상해보면 고통은 처음부터 있었다. 땅의 이미지가 기억에 너무 단단히 달라붙을 때, 행복의 외침이 너무 집요해질 때, 인간의 마음에 다시 우울함이 차오른다. 이것이 바위의 승리, 아니, 바위 그 자체다. 끝도 없는 우울함은 그냥 견디기에는 너무 무겁다. 이런 감정이 우리에게 찾아올 때가 우리의 겟세마네 밤이다. 그러나 아무리 참혹한 진실이라도 받아들이고 나면 사그라든다. 예를 들어, 오이디푸스는 처음에는 저도 모르게 운명에 순종한다. 그가 운명을 알게 된 순간부터 그의 비극이 시작된다. 그러나 눈이 먼 채 절망에 휩싸인 순간, 그는 자신을 세상과 연결해주는 유일한 끈이 한 소녀의 차가운 손임을 깨닫는다. 그때 그 놀라운 말이 울려 퍼진다. "그토록 수많은 시련에도 내 많은 나이와 내 영혼의 고귀함을 생각하면 모든 것이 잘되었다는 결론을 내리게 된다." 따라서 소포클레스의 오이디푸스는 도스토옙스키의 키릴로프처럼 부조리한 승리의 비결을 제시한다. 고대의 지혜가 현대의 영웅주의를 확인시켜 주는 셈이다.

부조리를 발견하고 나면 행복 지침서라도 쓰고 싶다는 유혹이 들 것이다. "뭐라고? 그렇게 편협한 방식으로?" 하지만 세상은 오직 하나뿐이다. 행복과 부조리는 같은 땅에서 태어난 두 자식이다. 떼려야 뗄 수 없는 관계다. 행복이 반드시 부조리한 발견에서 비롯된다고 말한다면 그것은 잘못이다. 오히려 부조리한 느낌에서 행복이 비롯된다. "모든 것이 잘되었다는 결론을 내리게 된다"라고 오이디푸스는 말하는데, 이 말은 신성하다. 거칠고 제한적인 인간 세상에 울려 퍼진다. 모든 것이 다 소진되지 않음을, 소진되지 않았음을 알려준다. 그리하여 불만에 휩싸인 채 헛된 고통을 좇아 이 세상에 들어온 신을 세상 밖으로 몰아낸다. 운명을 인간들 사이에서 해결해야 하는 인간의 문제로 만든다.

시지프의 조용한 기쁨 전부가 그 안에 담겨 있다. 그의 운명은 그의 것이다. 그의 바위는 그의 것이다. 마찬가지로 부조리한 인간이 자신의 고통을 생각할 때 모든 우상이 침묵한다. 갑자기 침묵을 회복한 우주에서 셀 수 없이 많은, 경이롭고 작은 목소리들이 솟아오른다. 무의식적이고 은밀한 외침, 모든 얼굴로부터의 초대, 이런 것들은 승리의 필수적인 이면이자 그 대가이다. 그림자

없는 태양은 없으며, 우리는 반드시 밤을 알아야만 한다. 부조리한 사람은 "네"라고 말한다. 그의 노력에는 끝이 없을 것이다. 개인적인 운명이 있어도 개인을 초월하는 운명은 없다. 아니면 적어도 부조리한 인간이 보기에 불가피하고 비천하다는 결론을 내린 운명만이 있을 뿐이다. 그 외의 경우에 부조리한 인간은 자기가 제 삶의 주인이라는 것을 알고 있다. 인간이 자신의 삶을 뒤돌아보는 그 미묘한 순간, 시지프는 자신의 바위를 향해 되돌아간다. 그 미묘한 돌아섬에서 그는 일련의 관련이 없는 행위들을 조용히 바라본다. 그가 만들어낸 행위들이 그의 운명이 되고, 기억의 시선 아래 통일되어 곧 그의 죽음으로 봉인될 것이다. 따라서 인간적인 모든 것에 온전히 인간적인 근원이 있음을 확신한 채, 앞을 보기를 열망하며 밤에는 끝이 없다는 것을 아는 눈먼 남자는 여전히 걸음을 옮긴다. 바위는 또다시 굴러떨어진다.

나는 시지프를 산기슭에 남겨둔다! 하지만 우리는 언제고 시지프의 무게와 다시 마주한다. 그럴 때 시지프는 우리에게 신을 부정하고 바위를 들어 올리는 성실함을 일깨운다. 그 역시 모든 것이 잘되었다는 결론을 내린다. 이제 주인이 없는 이 우주는 그에게 불모이지도, 헛되어 보이지도 않는다. 저 돌의 입자 하나하나, 밤이 내려앉은 산의 광물 조각 하나하나가 그 자체로 하나의 세계를 형성한다. 높은 곳을 향한 투쟁 자체만으로도 사람의 마음을 채우기에 충분하다. 우리는 시지프가 행복해하는 모습을 상상하게 된다.

부록

– 프란츠 카프카의 작품 속 희망과 부조리

여기 부록으로 발표하는 프란츠 카프카에 대한 연구는《시지프 신화》초판에서는 '도스토옙스키와 자살에 관한 장章'으로 대치되어 있었다. 이 카프카의 연구는 1943년 〈알발레트L'Arbalète〉에 발표된 바 있다. 독자는 도스토옙스키에 관한 글들이 이미 다룬 부조리한 창조의 비평을 여기서 다른 관점으로 재발견할 것이다.

— 편집자의 말

카프카 예술의 핵심은 독자가 다시 한번 작품을 읽게 만든다는 데 있다. 작품의 결말 또는 결말의 부재는 설명이 필요하다는 점을 암시하지만, 이 설명이 명확한 언어로 드러나지 않아서 작품을 제대로 이해하려면 다른 관점에서 이야기를 다시 읽어야 한다. 때로는 두 가지 해석의 가능성이 있기 때문에 두 번 읽어야 할 때도 있다. 이것이 저자가 원하는 바다. 그러나 카프카가 쓴 내용 전부를 하나하나 해석하려고 시도하는 것은 잘못된 일이다. 상징은 항상 일반적인 것 속에 존재하며, 아무리 정확하게 해석하더라도 예술가는 상징의 의미가 다시 달라지게끔 할 뿐이다. 단어 하나하나를 정확하게 옮길 수가 없다. 사실 상징적인 작품보다 이해하기에 더 어려운 것은 없다. 상징은 항상 상징을 활용하는 사람을 초월하여 그가 표현한다고 의식하는 것보다 실제로 더 많은 말을 하게 만든다. 이와 관련하여 상징을 파악하는 가장 확실한 방법은 상징을 자극하지 않는 것이다. 선입견 없는 태도로 작품을 읽기 시작하며 숨겨진 흐름을 찾으려 하지 않아야 한다. 특히 카프카의 경우 그의 규칙에 동의하고 밖으로 드러난 모습을 통해 드라마에 접근하고, 형식을 통해 소설에 접근하는 것이 적절하다.

언뜻 보기에, 그리고 무심한 독자에게 카프카의 작품은 불안정하면서도 집요한 등장인물들이 이끌어가는 혼란스러운 모험으로만 보인다. 그리고 이들은 결코 명확하게 꼬집어 말할 수 없는 문제와 씨름한다. 《심판Der Prozess》에서 요제프 K는 피고인이다. 그러나 그는 왜 자신이 고소당했는지 알지 못한다. 자신을 변호하고 싶은 마음이 간절하지만, 왜 변호해야 하는지도 모른다. 변호사들은 그의 사건이 까다롭다고 판단한다. 한편 그는 사랑하고, 먹고, 신문을 읽는 것을 게을리하지 않는다. 그리고 그는 재판을 받는다. 하지만 법정은 매우 어둡다. 그는 어떻게 된 상황인지 이해하지 못한다. 단지 자기가 유죄 판결을 받았다고 짐작할 뿐이다. 하지만 정확히 어떻게 된 것인지는 궁금해하지도 않는다. 가끔 미심쩍다고 느끼기는 하지만 계속 그대로 살아간다. 얼마 후 잘 차려입고 예의 바른 신사 두 명이 그에게 찾아와서 그들을 따라오라고 한다. 그들은 대단히 정중하게 그를 초라한 변두리로 데려간 다음, 그의 머리를 돌 위에 찍어 눌러 그를 죽인다. 사형수는 죽기 전에 그저 이렇게 말한다. "개와 다를 바 없군."

가장 명백한 특징이 자연스러움인 이야기에서 상징에 대해 말하기란 어렵다. 하지만 자연스러움은 이해하기 어려운 범주다. 독자에게 사건이 자연스럽게 흘러가는 것처럼 보이는 작품이 있다.

하지만 (물론 드물긴 하지만) 등장인물이 자기에게 일어나는 일을 자연스럽게 여기는 작품도 있다. 이상하지만 명백한 역설로, 인물의 모험이 더 기이할수록 이야기의 자연스러움이 더 눈에 띄게 된다. 자연스러움은 우리가 등장인물의 삶에서 느끼는 특이함과 등장인물이 삶을 받아들이는 단순함에서 느껴지는 간극에 비례한다. 이러한 자연스러움은 카프카 특유의 자연스러움이다. 그리고 우리는《심판》이 무엇을 의미하는지 정확히 파악한다. 사람들은 그 의미가 인간 조건의 어떤 이미지라고만 이야기한다. 분명 그런 면도 있다. 그러나 사실 심판의 의미는 더 단순한 동시에 더 복잡하다. 카프카에게 이 소설의 의미는 더 특별하고 개인적이라는 뜻이다. 카프카가 우리 인간에 대해 고백하고 있다고 해도, 그 이야기를 하는 사람은 카프카 자신이다. 그는 살아가고, 유죄 선고를 받는다. 그는 이 세상에서 추구하는 소설의 첫 부분에서 이 사실을 깨닫고, 이런 상황에 대처하려고 노력하면서 놀라거나 하는 반응은 전혀 보이지 않는다. 그가 놀라지 않았다는 사실에 대해서도 놀라움을 드러내지 않는다. 이러한 모순 속에서 부조리한 작품의 첫 징후가 발견된다. 부조리한 정신이 부조리의 정신적 비극을 구체적인 상황에 투영한다. 그리고 정신은 오직 영원한 역설이라는 수단을 통해서만 그렇게 할 수 있다. 이 역설은 색채에 공허를 표현하는 힘을 부여하고, 영원한 야망으로 나아가는 힘에 일상의 몸짓을 부여한다.

마찬가지로 카프카의《성Das Schloss》은 행동하는 신학이라고 할 수 있다. 하지만 무엇보다도 은총을 추구하는 영혼의 모험이며, 이 세상의 사물에 거룩한 비밀을 묻는 남자의 모험이자 그들 안에 잠들어 있는 신의 징후를 묻는 여자의 모험이다. 《변신Die Verwandlung》은 분명 명철함의 윤리를 끔찍한 비유로 표현한 작품이다. 그러나 또한 인간이 스스로 얼마나 쉽사리 짐승으로 변했는지 알아차렸을 때의 형언할 수 없는 놀라움의 산물이기도 하다. 이 근본적인 모호함 속에 카프카의 비밀이 숨어 있다. 자연스러운 것과 기이한 것, 개인적인 것과 보편적인 것, 비극적인 것과 일상적인 것, 부조리한 것과 논리적인 것 사이의 끊임없는 진동은 그의 작품 곳곳에서 발견되며, 작품에 울림과 의미를 부여한다. 부조리한 작품을 이해하기 위해서는 이러한 역설을 낱낱이 열거하고, 모순을 강화해야 한다.

실제로 상징은 두 개의 차원, 관념과 감각이라는 두 개의 세계가 있고, 그들 사이에 상응 사전이 존재한다고 가정한다. 이 사전을 만드는 것은 가장 어려운 일이다. 하지만 서로 대응하는 두 세계를 알아차린다는 것은 두 세계의 비밀스러운 관계를 추적하는 것과도 같다. 카프카에게 이 두 세계는 한편으로는 일상의 세계이고, 다른 한편으로는 초자연적인 불안의 세계다.* 우리는 여기서 "중요한 문제는 길거리에 있다"라는 니체의 말을 끝없이 탐구

* 카프카의 작품이(예컨대 《심판》에서처럼) 사회적 비평의 측면에서 해석되는 것은 정당하다는 점에 주목할 만하다. 더군다나 굳이 어느 한쪽을 선택할 필요가 없을지도 모른다. 두 가지 해석 모두 옳기 때문이다. 부조리의 측면에서 우리는 인간에 맞서는 반항이 신에게 맞서는 반항이라는 걸 알 수 있었다. 위대한 혁명은 언제나 형이상학적이다.

해보는 것 같다.

인간의 조건에는 (이것은 모든 문학의 공통분모이기도 하다) 근원적인 부조리뿐 아니라 확고한 위대함이 있다. 부조리와 위대함은 당연하다는 것처럼 서로 일치한다. 반복하자면 둘 다 우리의 무절제한 영혼과 육체의 찰나적인 기쁨을 분리하는 어처구니없는 단절로 표현된다. 부조리란 육체가 그토록 무모하게 초월하는 것이 육체의 영혼이어야 한다는 사실이다. 이 부조리를 표현하고자 하는 사람은 누구든 일련의 평행선을 그리는 대조를 통해 부조리에 생명을 부여해야 한다. 그래서 카프카는 일상적인 것으로 비극을, 논리적인 것으로 부조리를 표현한다.

배우는 과장하지 않으려고 조심할수록 비극적 인물에 더 많은 힘을 실어주게 된다. 그가 중도를 지킨다면 그가 불러일으키는 공포는 엄청날 것이다. 이런 점에서 그리스 비극에는 배울 점이 많다. 비극적인 작품에서 운명은 항상 논리적이면서도 자연스러운 모습으로 다가올 때 더 실감 나기 때문이다. 오이디푸스의 운명은 미리 알려져 있다. 그가 살인과 근친상간을 저지른 것은 초자연적으로 결정되어 있다. 극의 노력 전체는 추론에서 추론으로 이어지는 논리적 체계를 거쳐 주인공의 불행이 정점에 이르게 한다. 흔치 않은 운명을 알려주기만 한다면 그리 끔찍하지 않을 것이다. 그런 운명이 현실에서 실제로 일어날 가능성이 거의 없기 때문이다. 그러나 그런 운명의 필연성이 사회와 국가, 친숙한 감정과 같은 낯익은 틀에서 우리 앞에 나타나면 그때의 공포는 가히 신성해진다. 인간을 뒤흔들며 그가 "이건 불가능해"라고 말하게 하는 반항 속에 '이건' 그럴 수 있다는 절박한 확신이 담겨 있다.

이것이 그리스 비극의 비밀 전부, 또는 적어도 그 측면 중 하나의 비밀이다. 그리고 또 다른 측면도 있다. 이 측면은 우리가 정반대의 방식으로 카프카를 더 잘 이해하는 데 도움 될 것이다. 인간의 마음에는 고약한 성향이 있어서 제 마음을 짓누르는 것만을 운명으로 규정한다. 그러나 행복 역시 그 나름대로 이유가 없다. 행복이란 피할 수 없는 것이기 때문이다. 그러나 현대인은 행복의 이런 특성을 인식하지 못하며, 그 공을 자기에게 돌린다. 반대로 그리스 비극에 나오는 특권적인 운명과, 율리시즈와 같은 끔찍한 모험 속에서 자기 자신을 구해낸 전설의 총아들에 대해서는 많은 것을 말할 수 있다.

어쨌든 기억해야 할 점은 비극에서 논리적인 것과 일상적인 것을 결합하는 은밀한 공모다. 이것이 바로 《변신》의 주인공 잠자가 평범한 영업사원인 이유다. 그가 벌레가 되는 이상한 모험에서 그를 방해하는 유일한 것은 상사가 그의 결근에 화를 낼 것이라는 점뿐이다. 그에게서 발과 촉수가 자라나고, 척추가 둥글게 말려 올라간다. 배에는 흰 반점이 나타난다(그가 놀라지 않았다고는 하지 않겠다. 그렇게 되면 효과가 사라질 것이기 때문이다). 하지만 그는 이런 변화에 '약간 성가실' 뿐이다. 카프카 예술의 정점은 바로 이 사소한 뉘앙스에 있다. 그의 주요 작품인 《성》에서도 일상의 사소한 세부 사항이 눈에 띄게 중요한 역할을 한다. 하지만 어떤 결론도 나지 않고 모든 것이 다시 시작되기만 하는 이 기묘한 소설에서는 은총을 찾아 헤매는 영혼의 본질적인 모험을 그리고 있다. 문제를 행동으로 옮겨 표현하는 것, 일반적인 것과 특수한 것의 이와 같은 일치는 여느 위대한 창조자들이 사용하는 예술적 기교에서도 파악된다. 《심판》에서 주인공의 이름은 슈미트나 프란츠 카프카일 수도 있었을 것이다. 하지만 그의 이름이 카프카가 아니라 요제프 K라고 해도 그는 여전히 카프카다. 그는 평범한 유럽인이다. 다른 사람들과 똑같다. 그러나 육체와 피의 방정식의 X에 해당하는 실체 K이기도 하다.

카프카 역시 부조리를 표현하고 싶을 때 논리적 일관성을 활용한다. 목욕탕에서 낚시하던 정신 나간 남자의 이야기를 들어보았을 것이다. 정신과 치료에 대해 잘 아는 한 의사가 그에게 "고기가 잡히나요?"라고 묻자, 그는 싸늘하게 대답했다. "당연히 아니지, 이 바보야, 여긴 목욕탕이니까." 이 이야기는 바로크식 유머에 해당한다. 그러나 그 안에서 부조리의 효과가 지나친 논리성과 어떻게 연관되어 있는지는 아주 명확하게 파악할 수 있다. 카프카의 세계는 형언할 수 없는 세계로, 인간에게 아무것도 얻을 수 없다는 것을 알면서도 목욕탕에서 낚시질한다는 고통스러운 사치를 허용한다.

그러므로 여기에서 그 원칙에 있어 부조리한 작품을 발견할 수 있다. 《심판》의 경우에는 완벽한 성공이라고 말할 수 있다. 육체가 승리를 거둔다.

표현되지 않은 반항에도(그러나 그 반항으로 글을 쓰는 것이다), 명철하면서도 말이 없는 절망에도(그러나 이 절망으로 창조하게 된다),

소설의 인물들이 궁극적으로 죽음에 이를 때까지 모범을 보이는 놀라운 방식의 자유에도 부족함이 없다.

*

그러나 이 세상은 보이는 것처럼 그렇게 폐쇄적이지는 않다. 카프카는 진보가 없는 이 세계에 기이한 형태의 희망을 끌어들이려 한다. 이런 점에서《심판》과《성》은 같은 방향을 따르지 않는다. 그들은 서로를 보완한다. 한 작품에서 다른 작품에 이르기까지의 전진은 거의 눈에 띄지 않다가 회피의 왕국에서 엄청난 승리를 거둔다.《심판》에서 제시한 문제를《성》에서 어느 정도 해결한다. 첫 번째는 유사 과학적 방법에 따라 결론을 내리지 않고 묘사하기만 한다. 두 번째는 어느 정도 설명하기는 한다.《심판》은 진단하고《성》은 치료법을 구상한다. 그러나 여기서 제시된 치료법으로는 병을 치료할 수 없다. 단지 병을 정상적인 삶에 돌려놓을 뿐이고, 병을 받아들일 수 있게 돕는다. 어떤 의미에서(키르케고르를 생각해보자) 이런 방식은 사람들이 질병을 소중히 여기게 만든다. 토지 측량사 K는 자신을 괴롭히는 불안 외에는 다른 불안을 상상할 수 없다. 그의 주변 사람들도 여기에서는 고통을 특권적인 측면으로 간주하기라도 하듯 그 공허함과 이름 없는 고통에 집착하게 된다. 프리다가 K에게 말한다. "나한테는 너무나 당신이 필요해. 당신을 알고부터 당신이 내 옆에 없을 때마다 버림받은 느낌이 들어." 우리를 짓누르는 것을 사랑하게 하고 아무 문제 없는 세상에서 희망을 싹트게 하는 이 미묘한 치료법, 모든 것을 바꾸는 이 갑작스러운 '비약'은 실존적 혁명의 비밀이자 《성》 그 자체의 비밀이다.

《성》만큼 치밀하게 전개되는 작품도 드물다. K는 성의 토지 측량사로 임명되어 마을에 도착한다. 그러나 마을에서 성까지 가는 동안 연락을 할 수가 없다. 수백 페이지에 걸쳐 K는 꾸준히 자신의 길을 꾸준히 찾으려 애쓰며, 온갖 수단을 동원하고 속임수와 편법까지 사용한다. 그러면서도 결코 화를 내지 않으며 당황스러울 정도의 의지력을 발휘하여 자신에게 맡겨진 임무를 수행하려 한다. 작품의 장마다 새로운 좌절이 찾아온다. 새로운 시작이 펼쳐지기도 한다. 논리에 따라서가 아니라 지속적인 방식으로 이루어진다. 이 고집의 범위가 작품의 비극적 특성을 빚어낸다. K는 성에 전화를 걸었을 때 혼란스럽게 이리저리 뒤섞인 목소리, 희미한 웃음소리, 멀리서 부르는 소리를 듣는다. 이런 소리로도 그의 희망을 살찌우기에 충분하다. 마치 여름 하늘에 나타나는 몇 가지 징조나 우리가 살아갈 이유가 되어주는 저녁 약속과도 같다. 여기에 카프카 특유의 우울함에서 드러나는 비밀이 있다. 그의 작품에는 실제로 프루스트의 작품이나 플로티노스의 풍경에서 발견되는 것과 같은 정서, 즉 잃어버린 낙원에 대한 향수가 있다. 올가는 말한다. "아침에 바르나바스가 성으로 간다고 하면 난 슬펐다. 아마도 헛된 여정과 아마도 헛된 하루, 아마도 헛된 희망에 그칠 것이기 때문이었다."

'아마도'라는 말의 사소한 의미에 카프카는 자신의 작품 전체를 건다. 그러나 아무 소용이 없다. 여기에서 영원을 향한 그의 탐구가 치밀하게 진행되기 때문이다. 그리고 영감을 받은 듯한 카프카의 자동인간, 즉 카프카의 인물들은 위희를 빼앗긴 채* 철저히 신에게 굴욕을 당하는 처지에 놓였을 때 우리가 어떤 모습일지에 대한 정확한 이미지를 우리에게 제공한다.

《성》에서는 이처럼 일상에 항복하는 자세가 하나의 윤리가 된다. K의 가장 큰 희망은 성에서 그를 받아주는 것이다. 혼자서는 희망을 이룰 수 없으므로 그는 마을 주민이 됨으로써, 모든 사람이 그에게 느끼게 하는 이방인이라는 지위를 잃음으로써 이 은총을 받을 자격이 되기 위해 온갖 노력을 쏟는다. 그가 원하는 것은 직업과 집, 건강하고 평범한 남자의 삶이다. 그는 더 이상 자신의 광기를 참을 수 없다. 이성적인 사람이 되고 싶어 한다. 자신을 마을의 이방인으로 만드는 유별난 저주를 떨쳐내고 싶어 한다. 프리다의 일화는 이런 점에서 중요하다. 그가 성의 관리 중 한 명을 아는 프리다를 정부로 삼으려 한다면 바로 그녀의 과거 때문이다. 그는 그녀에게서 자신을 넘어서는 무언가를 얻으려 하면서도 그녀를 성에 영원히 걸맞지 않은 존재로 만드는 것이 무엇인지 알게 된다. 이것은 레기네 올센을 향한 키르케고르의 기묘한 사랑을 떠올리게 한다. 어떤 사람은 자신을 집어삼키는 영원의 불이 너무 위대해서 가장 가까운 사람들의 마음까지 그 불

* 《성》에서 파스칼식 의미의 '위희'는 K를 근심에서 '위희'하는 조수들로 재현되는 것으로 보인다. 프리다는 결국 한 조수의 정부가 된다. 그녀는 진실보다 무대를, 고뇌를 공유하기보다 일상생활을 선호하기 때문이다.

로 태워버린다. 신의 것이 아닌 것을 신에게 바치는 이 치명적인 실수는《성》에 나오는 이 일화의 주제이기도 하다. 그러나 카프카에게 이는 실수가 아닌 것처럼 보인다. 하나의 교리이자 '비약'이다. 신의 것이 아닌 것은 아무것도 없다.

더 의미심장한 대목은 토지 측량사가 프리다를 떠나 바르나바스 자매를 찾아간다는 사실이다. 바르나바스 가족은 마을에서 유일하게 성으로부터, 그리고 마을 자체로부터 완전히 버림받은 가족이기 때문이다. 언니인 아말리아는 성의 관리 중 한 명이 그녀에게 한 수치스러운 제안을 거절했다. 그 후 이어진 부도덕한 저주로 인해 그녀는 신의 사랑에서 영원히 멀어지고 말았다. 신 때문에 명예를 잃을 수는 없다는 것은 신의 은총을 받을 수 없다는 뜻이다. 여기에서 우리는 실존 철학에서 익숙한 주제가 도덕과 상반된 진리임을 깨닫게 된다. 이 시점에서 상황은 더 멀리 뻗어나간다. 카프카의 주인공이 프리다에서 바르나바스 자매에 이르기까지 추구하는 길은 바로 신뢰하는 사랑에서 부조리의 신격화로 나아가는 길이기 때문이다. 여기서도 카프카의 사상은 키르케고르와 겹친다. '바르나바스의 이야기'가 책의 마지막에 자리한 것은 당연한 일이다. 토지 측량사는 마지막 시도로 신을 부정함으로써 신을 되찾고, 우리의 선과 아름다움이라는 범주가 아니라 무관심과 불의, 증오라는 공허하고 흉측한 면모 뒤에 있는 신을 파악하려 한다. 성에서 자기를 받아주기를 바라는 이방인은 여정의 끝에서 조금 더 멀리 추방된다. 이번에는 자기 스스로 충실하지 못한 채 도덕과 논리, 지적 진리를 버리고 오직 광기 어린 희망에 부풀어 신성한 은총의 사막으로 들어가려 했기 때문이다.*

*

여기에서 사용된 '희망'이라는 단어는 우스꽝스럽지 않다. 그와는 반대로 카프카가 묘사한 상황이 비극적일수록 희망은 더 완고하고 도전적인 모습으로 변한다.《심판》이 진정으로 부조리해질수록《성》의 열정적인 '비약'은 더 감동적이고 부당한 것으로 보인다. 그러나 우리는 여기서 순수한 상태에서, 예를 들어 키르케고르가 다음과 같이 표현한 실존주의적 사고의 역설을 만나게 된다. "지상의 희망을 죽여 없애야 한다. 그래야만 진정한 희망으로 구원받을 수 있다."** 이 말을 다음과 같이 옮길 수도 있다. "《성》에 들어가기 위해서는《심판》을 썼어야 했다."

사실 카프카에 관해 이야기하는 사람들은 대부분 그의 작품을 의지할 곳이 없는 인간의 절망적인 외침으로 정의했다. 그러나 이 정의는 다시 검토해볼 필요가 있다. 희망이 있고, 또 희망이 있기 때문이다. 내게는 앙리 보르도의 낙관적인 작품이 유독 실망스럽게 느껴진다. 그의 작품 속에서는 다소 까다로운 사람들에게 아무것도 허락되지 않기 때문이다. 반면에 말로의 생각은

* 이는 분명 카프카가 우리에게 남긴《성》의 미완성 버전에만 해당한다. 하지만 작가가 소설의 마지막 장에서 문체의 통일성을 저버렸는지에는 의문의 여지가 있다.
** 순수한 마음

언제나 희망으로 가득 차 있다. 그러나 이 두 작가가 똑같은 희망이나 절망의 문제를 다루고 있지는 않다. 단지 부조리한 작품 자체가 내가 피하고 싶은 불신을 초래할 수 있음을 알게 되었을 뿐이다. 불모의 조건을 비효율적으로 반복하고 소멸하고 말 것을 명철하게 드높였을 뿐인 작품은 여기서 환상의 요람이 된다. 작품에서는 설명하고 희망에 형체를 부여한다. 창조자는 더 이상 작품으로부터 자신을 분리할 수 없다. 작품은 더 이상 작가가 의도했던 대로의 비극적인 게임이 아니다. 작가의 삶에 의미를 부여하기 때문이다.

카프카와 키르케고르, 셰스토프의 작품들처럼 부조리와 그 결과를 전적으로 지향하는 실존주의 소설가와 철학자들의 작품에서 영감을 받은 작품이 결국에는 엄청난 희망의 외침을 불러일으킨다는 점은 어느 모로 보나 이상하다.

이들은 자신들을 집어삼키는 신을 받아들인다. 굴종을 통해 희망이 들어온다. 이 존재의 부조리성이 그들에게 초자연적인 현실을 조금 더 확신시켜준다. 이번 생의 길이 신에게로 향한다면 결국에는 출구가 존재하는 셈이다. 그리고 키르케고르와 셰스토프, 카프카의 주인공들이 그들의 여정을 반복하게 하는 인내와 고집은 이 확실성의 희망찬 힘을 증명하는 특별 보증서와도 같다.*

* 《성》에서 희망이 없는 유일한 인물은 아말리아다. 그녀는 토지 측량사와 가장 극명한 대조를 이루는 인물이기도 하다.

카프카는 그의 신에게 도덕적 고귀함과 자명함, 미덕과 일관성이 있다고 인정하지 않는다. 하지만 그 이유는 오로지 신의 품에 더 깊이 안기기 위해서다. 부조리를 인정하고 받아들인 다음 인간은 부조리 앞에 체념하지만, 그때부터 우리는 자신이 더 이상 부조리하지 않다는 것을 알게 된다. 인간 조건의 한계 속에서 그 조건에서 벗어나게 해주는 희망보다 더 큰 희망이 과연 존재할까? 다시 한번 알 수 있듯이, 실존주의 사상은 (일반적인 흐름과는 달리) 거대한 희망으로 가득 차 있다. 초기 기독교와 복음의 전파 당시 고대 세계에 불을 지폈던 바로 그 희망이다. 그러나 모든 실존적 사고를 특징짓는 그 비약, 그 고집, 얼굴 없는 신성의 탐구에서 어떻게 자신을 부인하는 명철함의 흔적을 보지 못하겠는가? 사람들이 이것이 단지 자신을 구원하기 위해 자존심을 버리는 것이라고 주장할 뿐이다. 이런 거부에서 더 많은 결과를 거둘 수 있을지도 모른다. 하지만 그렇다고 해서 상황이 달라지지는 않는다. 내가 보기에 여느 자존심과 다름없이 명철함에도 결과가 없다고 주장한다고 해서 명철함의 도덕적 가치가 줄어들지는 않는다. 진리 역시 그 자체로는 아무 결과가 없기 때문이다. 모든 자명함 또한 그렇다. 모든 것이 주어져 있지만 그 무엇도 설명되지 않는 세상에서 가치 혹은 형이상학의 생산성은 그리 중요하지 않은 개념이다.

어쨌든 카프카의 작품이 어떤 사상의 전통에서 그 자리를 차지하는지는 알았을 것이다. 《심판》에서 《성》으로 나아가는 과정이 필연적이라고 생각하는 것은 어리석다. 요제프 K와 토지 측량사 K는 카프카를 끌어당기는 양극에 불과하다.* 나도 카프카처럼 말할 수 있고, 그의 작품이 부조리하지 않다고 말할 수도 있다. 그러나 이렇게 말한다고 해서 카프카 작품의 위대함과 보편성을 알아차리지 못하는 것은 아니다. 이 위대함과 보편성은 희망에서 슬픔으로, 절망적인 지혜에서 의도적인 실명으로 연결되는 일상적인 과정을 그토록 다채롭게 표현해냈다는 사실에서 비롯된다. 그의 작품이 보편성을 띠는 이유(진정 부조리한 작품은 보편적이지 않다)는 모순에서 믿음의 이유를 발견하고 넘치는 절망에서 희망의 이유를 발견하며 죽음을 배우는 끔찍한 기간을 삶이라고 부르면서 인간성에서 벗어나려는 인간의 감동적인 얼굴을 그려내기 때문이다. 작품이 종교적 영감을 받았다는 점에서 보편적인 것이다. 모든 종교에서와 마찬가지로 인간은 이 작품 속에서 자기 삶의 무게에서 해방된다. 그러나 이 점을 알고 이에 감탄할 수 있다 해도, 내가 보편적인 것을 추구하는 것이 아니라 진리를 추구하는 것이라는 사실도 알고 있다. 이 두 가지는 서로 일치할 수 없다.

진정으로 사람을 절망케 하는 생각은 이와 정반대되는 기준에 의해 정의되고, 비극적인 작품은 미래의 희망이 모두 추방된 후 행복해하는 사람의 삶을 묘사하는 작품이라고 말한다면 이 특수한 견해를 더 잘 이해할 수 있을 것이다. 삶이 흥미진진할수

* 카프카의 사고 중 두 가지 양상에 대해서는 《유형지에서(In der Strafkolonie)》의 '(이해할 만한 인간의) 유죄는 결코 의심할 바 없다'와 (모무스의 기록인) 《성》의 일부 '토지 측량사 K의 유죄는 성립하기 어렵다'를 비교해보라.

록 그 삶을 잃는다는 생각이 더욱 부조리하게 느껴진다. 이것이 니체의 작품에서 느껴지는 위풍당당한 무미건조함의 비결일지도 모른다. 이런 차원의 생각 중에서 니체는 부조리 미학의 극단적인 결과를 도출한 유일한 예술가로 보인다. 그가 남긴 최후의 메시지가 헛되면서도 의기양양한 명철 속에 초자연적인 위안을 완강히 부정하는 데 있다는 점에서 그렇다.

그럼에도 이 글의 틀에서 카프카가 차지하는 중요성은 지금까지 말한 내용으로 충분할 것이다. 여기서 우리는 인간 사고의 한계에 도달하게 된다. 언어의 가장 풍부한 의미에서 이 작품의 모든 것이 본질적이라고 말할 수 있다. 어쨌든 작품에서는 부조리한 문제를 한꺼번에 제시한다. 이 결론과 우리가 처음에 한 발언, 내용과 형식, 《성》의 비밀스러운 의미와 그 의미를 자연스럽게 표현한 기교, K의 열정적이고 자신만만한 탐구와 탐구가 이뤄지는 일상적인 배경과 비교한다면 그 위대함이 무엇인지 깨닫게 될 것이다. 향수가 인간의 흔적일 뿐이라면 아무도 이 후회의 유령에 그러한 살과 입체감을 부여하지 않을 것이다. 그러나 동시에 부조리한 작품에서 요구하는 탁월한 고귀함이 무엇인지 느끼게 될 것이다. 이 자리에서는 그 고귀함을 깨닫지 못할 수도 있다. 예술의 본질이 일반적인 것을 특수한 것에, 물 한 방울의 일시적인 영원성에 빛의 유희를 결합하는 것이라면, 부조리한 작가의 위대함은 그가 이 두 세계 사이에서 상정하는 거리로 판단하는 것이 훨씬 더 진실할 것이다. 부조리한 작가의 비밀은 두 세계가 가장 불균형한 상태에서 마주하는 지점을 정확히 찾아내는 데 있다.

사실, 마음이 순수한 사람이라면 인간과 비인간이 만나는 이 기하학적 장소를 어디에서나 볼 수 있다. 파우스트와 돈키호테가 저명한 예술 작품인 이유는 그 작품에서 지극히 인간적인 손으로 우리에게 가리키는 무한한 위대함 때문일 것이다. 그러나 손으로 만질 수 있는 그 진리를 정신에서 부정하는 순간은 언제고 찾아온다. 창조를 더 이상 비극적으로 받아들이지 않는 순간이 온다. 이때는 그저 창조를 진지하게 받아들이게 된다. 그제야 인간은 희망에 관심을 보인다. 그러나 희망은 인간이 관여할 일이 아니다. 인간이 할 일은 속임수를 등지고 돌아서는 것뿐이다. 그러나 카프카가 온 세상을 상대로 제기한 격렬한 소송의 끝에서 내가 발견한 것이 바로 속임수다. 그의 믿을 수 없는 판결은 두더지들마저 감히 희망을 품으려 드는 이 추악하고 혼란스러운 세계에 대해 무죄를 선고한다.*

* 지금까지 나는 분명 카프카의 작품에 대한 한 가지 해석을 제시했을 뿐이다. 하지만 그 어떤 해석과는 별개로 온전히 미학적인 관점에서 작품을 검토하는 데 방해가 되는 것은 없다고 덧붙이는 것이 공정하겠다. 예컨대 그뢰튀젠은 《심판》에 대한 탁월한 서문에서 우리보다 더욱 현명한 방식으로 그리고 무척 경이롭게도 스스로 몽상가라고 칭한 자의 고통스러운 환상만을 따라갈 뿐이다. 작품의 운명, 그리고 아마도 위대성은 작품에서 모든 것을 제공하면서도 아무것도 단정하지 않는다는 데 있다.

작가 연보

1913년 11월 7일. 알제의 몽도비에서 프랑스계 알제 이민자 집안의 아들로 태어나다.

1923년 프랑스의 중등학교 리세에 입학하다.

1930년 알제 대학에 입학했으나 폐결핵으로 학업을 중단하다. 이 시기에 평생의 스승인 장 그르니에를 만나다.

1934년 시몬 이에와 결혼하다.

1935년 플로티누스에 관한 논문으로 철학 학사 학위 과정을 마치다. 에세이집 《안과 겉》 집필을 시작하다.

1936년 시몬 이에와 결별하다. 알제 대학을 졸업하고 친구들과 함께 '노동극단'을 창단하다.

1937년 희곡 〈아스튀리의 반란〉을 집필하나 상연이 금지되다.

1938년 에세이집 《안과 겉》을 발표하다. 〈알제 레퓌블리캥〉지의 기자로 일하다.

1940년 〈파리 수아르〉지에서 일하다. 수학자이자 피아니스트인 프랑신 포르와 결혼하다.

1942년 소설 《이방인》, 철학적 에세이 《시지프 신화》를 발표하다.

1943년 레지스탕스 비밀 지하 신문 〈콩바〉의 편집진으로 참여하다.

1944년 희곡 〈오해〉, 〈칼리굴라〉를 책 한 권으로 엮어 발표하다.

1947년 소설 《페스트》를 발표하다.

1949년 폐결핵이 재발하여 2년간 은둔생활을 하다.

1951년 철학적 문제작 《반항하는 인간》을 발표하다.

1956년 소설 《전락》을 발표하다.

1957년 노벨 문학상을 수상하다.

1960년 1월 4일, 몽트로 근교 빌블르뱅에서 교통사고로 사망하다. 프랑스 남부 시골 마을 루르마랭의 공동묘지에 묻히다. 훗날 아내 프랑신 카뮈도 함께 묻히다.

시지프 신화

초판 1쇄 인쇄 2024년 9월 12일
초판 1쇄 발행 2024년 9월 19일

지은이 알베르 카뮈
옮긴이 신예용
펴낸이 이효원
편집인 송승민
마케팅 추미경
디자인 이용석(표지), 이수정(본문)
펴낸곳 올리버
출판등록 제395-2022-000125호
주소 경기도 고양시 덕양구 삼송로 222, 101동 305호(삼송동, 현대헤리엇)
전화 070-8279-7311 **팩스** 02-6008-0834
전자우편 tcbook@naver.com

ISBN 979-11-93130-91-9 03860

* 값은 뒤표지에 있습니다.
* 잘못된 책은 구입하신 서점에서 바꾸어 드립니다.

* 도서출판 올리버는 탐나는책의 교양서 브랜드입니다.

올리버 세계교양전집 목록

01 **사람을 얻는 지혜** 발타자르 그라시안 지음 | 황선영 옮김

02 **자유론** 존 스튜어트 밀 지음 | 이현숙 옮김
서울대, 연세대, 고려대 선정 필독 교양서

03 **명상록** 마르쿠스 아우렐리우스 지음 | 김수진 옮김
하버드대, 옥스퍼드대, 시카고대 선정 필독 교양서

04 **군주론** 니콜로 마키아벨리 지음 | 민지현 옮김
하버드대, 옥스퍼드대, 서울대 선정 필독 교양서

05 **부는 어디에서 오는가** 월러스 워틀스 지음 | 김주리 옮김

06 **데일 카네기 인간관계론** 데일 카네기 지음 | 주정자 옮김

07 **데일 카네기 성공대화론** 데일 카네기 지음 | 신예용 옮김

08 **데일 카네기 자기관리론** 데일 카네기 지음 | 도지영 옮김

09 **인간 실격** 다자이 오사무 지음 | 임지인 옮김

10 **사양** 다자이 오사무 지음 | 이재현 옮김

11 **이방인** 알베르 카뮈 지음 | 구영옥 옮김
1957년 노벨 문학상 수상 작가
미국대학위원회 선정 SAT 추천도서

12 **동물 농장** 조지 오웰 지음 | 윤영 옮김
《타임》 선정 '20세기 100대 영문 소설'
미국대학위원회 선정 SAT 추천도서

13 **도련님** 나쓰메 소세키 지음 | 임지인 옮김
서울대 선정 필독 교양서

14 **자기 신뢰 · 운명 · 개혁하는 인간** 랄프 왈도 에머슨 지음 | 공민희 옮김

15 **노인과 바다** 어니스트 헤밍웨이 지음 | 서나연 옮김
노벨 문학상 수상 작가, 1953년 퓰리처상 수상작

16 **소크라테스의 변명 · 크리톤 · 파이돈 · 향연** 플라톤 지음 | 최유경 옮김

17 **데미안** 헤르만 헤세 지음 | 이민정 옮김
노벨 문학상 수상 작가, 괴테상 수상 작가
서울대 선정 필독서

18 **1984** 조지 오웰 지음 | 주정자 옮김
하버드대생이 가장 많이 읽는 책 20
서울대 지원자들이 가장 많이 읽은 책 20

19 **톨스토이 단편선** 레프 니콜라예비치 톨스토이 지음 | 민지현 옮김

20 **군중심리** 귀스타브 르 봉 지음 | 최유경 옮김
《르몽드》 선정, 세상을 바꾼 20권의 책

21 **유토피아** 토머스 모어 지음 | 김용준 옮김

22 **프랑켄슈타인** 메리 셸리 지음 | 윤영 옮김
미국대학위원회 선정 SAT 추천도서
《뉴스위크》 선정 세계 최고의 책 100선

23 **예언자** 칼릴 지브란 지음 | 김용준 옮김

24 **벤자민 버튼의 시간은 거꾸로 간다** F. 스콧 피츠제럴드 지음 | 이민정 옮김

25 **변신 · 시골 의사** 프란츠 카프카 지음 | 윤영 옮김
서울대 권장도서 100선
미국대학위원회 선정 SAT 추천도서

26 **지킬 박사와 하이드 씨** 로버트 루이스 스티븐슨 지음 | 조진경 옮김
하버드대 신입생 권장도서
《가디언》 선정 '모든 사람이 꼭 읽어야 할 책'

27 **싯다르타** 헤르만 헤세 지음 | 최유경 옮김
노벨 문학상 수상 작가, 괴테상 수상 작가
서울대, 연세대, 고려대 선정 추천도서

28 **젊은 베르테르의 슬픔** 요한 볼프강 폰 괴테 지음 | 민지현 옮김

29 **수레바퀴 아래서** 헤르만 헤세 지음 | 정다은 옮김
노벨 문학상 수상 작가, 괴테상 수상 작가
국립중앙도서관 선정 청소년 권장도서

30 **햄릿** 윌리엄 셰익스피어 지음 | 홍수연 옮김

31 **위대한 개츠비** F. 스콧 피츠제럴드 지음 | 정윤희 옮김
《타임》 선정 '20세기 100대 영문 소설'
미국대학위원회 선정 SAT 추천도서

32 **페스트** 알베르 카뮈 지음 | 구영옥 옮김
1957년 노벨 문학상 수상 작가
국립중앙도서관 선정 청소년 권장도서

33 **시지프 신화** 알베르 카뮈 지음 | 신예용 옮김
1957년 노벨 문학상 수상 작가